미국에서 살기로 했습니다

더 넓은 세상으로 나아가기 위해

미국에서 살기로 했습니다

박소나 지음

책이라는 신화
BOOK OF LEGEND

The Story of My American Dream

Written by Sona Park.

Published by BOOK OF LEGEND Publishing Co., 2023.

꿈을 좇아 기회 속으로

가끔씩 이런 상상을 했다. 낯선 나라에서 새롭게 시작하는 내 모습을….

그러던 어느 날 막연한 동경이 기회로 다가왔을 때, 남편과 나는 어린 딸아이를 데리고 모험을 감행했다. 한국에서의 익숙하고 편안한 환경을 떠나 지금까지와는 전혀 다른, 새로운 세상을 향해 떠나기로 한 것이다. 미래에 대한 부푼 희망이 우리 가족을 미지의 세계로 손짓하고 있었다.

새로운 보금자리, 뉴욕

뉴욕이라는 그 찬란한 이름에 너무 기대를 했던 것일까. 가슴 설레는 일들도 있지만, 높아만 보이는 영어의 장벽 앞에 나 자신은 왜 이리 답답하고 초라해 보이는지…. 소심하고 내성적인 성격은 미국 생활에서 마이너스 요인으로 작용하고 있었다.

낯선 환경에 던져진 나에게는 작은 일 하나에도 용기가 필요했다. 물건 하나 바꾸는 것도, 햄버거 하나 주문하는 것도… 처음은 어려웠지만, 두 번째는 조금 더 수월해졌다. 나를 위해, 가족을 위해 조금 더 용기를 내기로 결심했다.

영어도 잘 못하면서 회사에 취업을 했고, 우물 안 개구리처럼 살던 내게 변화가 찾아왔다. 회사에서 좌충우돌하면서 다양한 경험을 쌓고, 지구촌 곳곳에서 건너온 사람들과 함께 일하면서 내 삶의 경계도 조금씩 넓어지기 시작했다. 운전도 못하던 내가 직장에 다니면서 고속도로를 씽씽 달리게 되었고, 영어로 의사소통하는 법도 익혀 나갈 수 있었다. 뉴욕에서의 첫 10년은 내게 살아갈 힘을 키워 주었던 소중한 시간들이었다.

이민 생활은 때로 각박하고 외롭게 느껴졌다. 하지만 이곳에서 만난 좋은 친구들과 교제하며 인연을 맺고 뉴욕이 주는 문화적 혜택을 맛보면서 미국 생활을 즐기는 법을 터득해 갔다. 아이들이 학교에 들어가면서는 학부모로서 미국 동부의 교육을 체험하며, 아이들이 즐겁게 배움을 이어 가고 성장해 나가는 모습에 감사했다.

새로운 도전, 캘리포니아 어바인

우리 가족에게 또 다른 변화가 찾아왔다. 동부에서 서부의 끝, 캘리포니아에서 일할 기회가 남편에게 주어진 것이다. 이제는 낯선 환경에 대한 두려움도 덜했고, 좀 더 적극적으로 미국 생활에 뛰어들고 싶었다. 학부모로서 학교 자원봉사에 참여하고, 미국 엄마들 모임에 참여하는 등 삶의 경계를 조금씩 넓혀 나갔다. 그리고는 더욱 용기를 내어 미국 고등학교 특수학급 보조 교사 채용에 지원했다. 높아만 보이던 그 문이 활짝 열렸을 때의 기쁨을 잊을 수 없다.

두 아이의 엄마로서 미국 생활을 감당하는 것도, 짧은 영어 실력으로 미국 학교에서 일할 수 있는 것도, 그간의 이민 생활을 한 권의 책으로 엮는 것도 예전의 나에겐 모두 꿈같은 일들이다. 그러나 내게 주어진 기회를 향해 한 걸음씩 용기를 내었더니, 두려움이 물러가고 대신 자신감이 조금씩 쌓이면서 어느덧 소박한 아메리칸 드림이 이루어져 있었다.

이 책이 이민을 고민하는 분들의 선택에 도움을 주고, 낯선 이국땅에서 새롭게 시작한 분들에게는 공감과 위로가, 실질적인 정보가 되기를 바라는 마음이다. 그리고 '이민(移民)'이라는 주제를 떠나서 첫걸음이 어렵고 시작이 두려운 누군가에게 조금이나마 용기와 위안으로 다가갈 수 있다면 더 바랄 것이 없겠다.

우리 인생에 찾아오는 크고 작은 기회와 마음의 소리를 따라 그 속으로 뛰어들어 한 걸음씩 걷다 보면, 실패와 성공의 징검다리를 건너서 자신이 그리던 꿈에 성큼 다가서게 되리라. 한결 더 단단해져 있는 자신의 모습으로.

당신의 용기 있는 걸음을 응원하며

박소나 드림

차례

첫 번째 이야기
좌충우돌 뉴욕 적응기

두 번째 이야기

영어 잘 못해도 무작정 취업

세 번째 이야기

뉴요커, 뉴욕 라이프

네 번째 이야기

새로운 출발, 캘리포니아 드리밍

다섯 번째 이야기

미국 학교 취업 도전기

첫 번째 이야기

좌충우돌 뉴욕 적응기

막히는 줄 알았던 이민의 길이 다시 열리고,

도움의 손길에 힘입어 미국 이민의 여정을

무사히 마칠 수 있었다.

낯선 도시 뉴욕에서, 우리 가족의 이민 스토리는

막 시작되고 있었다.

이민을 선택하다

2006년의 어느 봄날, 남편이 문득 내게 말했다.

"우리 뉴욕에 가서 살면 어떨까?"

"갑자기 웬 뉴욕이에요?"

"응. 아는 형이 LA에서 회사를 운영하는데, 이번에 뉴욕 지사를 열 계획이래. 그래서 매니저로 일할 사람을 급하게 구하고 있나 봐."

내 눈이 휘둥그레졌다. 뉴욕이라고? 세련되면서도 매혹적인 그 단어에 나는 잠시 넋을 잃었다. 휘황찬란한 브로드웨이 뮤지컬, 새해마다 카운트다운을 하며 폭죽이 터지는 타임스퀘어 광장, 영화 속 멋진 배경의 센트럴파크 등이 내 머릿속에 줄줄이 펼쳐졌다.

세계적인 도시 뉴욕이라니! 가슴이 설레기 시작했다.

"가서 무슨 일을 하는 거예요?"

"물류업이야. 기업을 상대로 물건을 운송해 주는 통운 회사라 할 수 있지."

"그럼 지금 하는 일이랑은 다른데… 그래도 괜찮겠어요?"

"뭐, 일은 다 적응하기 나름이니까."

남편의 직업은 IT 컨설턴트였다. 외국계 회사에서 좋은 조건으로 근무하고 있었기 때문에, 그만두기에는 아깝다는 생각도 들었다. 하지만 미국에서 일할 수 있는 기회와 비교한다면? 이때부터 우리의 고민은 시작되었다.

미국으로 이민을 떠나고 싶었던 이유

첫째, 원래부터 미국에 가고 싶었다. 이유가 조금 우습지만 진짜 그랬다.

남편은 미국에서 대학을 다녔다. 유학할 당시, 아버지 사업이 힘들어져서 일과 학업을 병행하며 고생을 많이 했다고 한다. 그래도 그는 캘리포니아를 파라다이스였다고 추억했다.

나는 가 보지 않았지만, 연애 시절부터 들었던 그곳을 어느덧 동경하고 있었다.

어느 날은 사업 구상을 한 적도 있다.

"캘리포니아 바닷가에서 팥빙수 가게를 하면 어떨까? 이름은 '빙스(Bings)'라고 하고."

팥빙수를 좋아하는 그다운 발상이었다. 미국인들 입맛에 맞게 팥 대신 다른 것을 넣겠다고도 했다. 그때는 미국에 그런 가게들이 없을 때여서 어찌 보면 선구자적인 아이디어였다. 그만큼 우리는 미국 생활을 꿈꾸고 있었다. 다만 실행에 옮길 돈과 기회가 없었을 뿐.

그런데 갑자기 뉴욕이라니! 생각지도 못했던 기회가 찾아온 것이다. 캘리포니아는 아니었지만, 뉴욕도 나름대로 매력적이지 않은가! 뉴욕에서 살다가 캘리포니아로 옮길 수도 있을 테고 말이다. 가능성은 충분했다.

둘째, 우리에겐 갓 태어난 예쁜 아기가 있었다.

우리 아이가 한국의 치열한 입시 환경에서 벗어나 보다 자유롭게 공부할 수 있는 환경에서 자라게 해 주고 싶었다. 미국에서 자라면 영어 공부를 힘들게 하지 않아도 되니, 얼마나 큰 장점인가.

셋째, 남편의 직장 생활이 바쁘고 힘들었다.

남편 회사는 일의 강도가 높았다. 출장을 멀리 가거나 밤늦게 귀가하는 일이 다반사였고, 때로는 주말도 없었다. 그토록 예뻐하는 딸아이와 마음껏 놀아 줄 시간도 많지 않았다.

그런데 미국 회사들은 회식이나 야근도 별로 없고, 일이 끝나면 바로 집으로 돌아간다고 한다. 그렇다면 가족끼리 함께할 시간도 훨씬 많지 않을까? 우리의 마음은 자연스레 미국 취업 쪽으로 기울었다.

새로운 인생의 기회

막상 이민을 가는 쪽으로 결정을 하려니 부모님 생각에 마음이 편치 않았다. 가까이 살고 계시던 양가 부모님 모두 갓 태어난 손녀딸을 금지옥엽으로 귀히 여기며 예뻐하시던 터였다. 고민이 됐지만, 결국에는 조심스레 말씀을 드렸다.

"그래, 잘된 거야. 얼마나 좋은 기회니. 당연히 가야지."

양가 부모님께서는 미국으로 떠나는 우리 가족을 축복해 주셨다. 사랑하는 자식 내외와 손녀를 멀리 떠나보내야 하는 슬픈 마음은 전혀 내색하지 않으시고, 자식의 장래만 생각해 주시는 그 사랑에 가슴이 먹먹해졌다.

그렇게 우리는 이민을 선택했다. 새로운 인생의 기회를 붙잡기로….

장벽 하나 넘고 뉴욕으로

남편이 사직서를 냄과 동시에 떠날 준비에 들어갔다. 합법적으로 체류할 신분을 얻기 위해 전문직 종사자를 대상으로 하는 H-1B 취업 비자를 신청하기로 했다. 비자를 받으면 미국에서 3년 동안 일할 수 있고, 3년 연장도 가능하다고 했다. 수속 기간도 빠르고, 취업 비자를 받고 미국에 입국한 뒤 영주권 신청도 할 수 있다고 하니, 우리에게는 안성맞춤으로 보였다. 다 잘되리라 믿고 법무법인을 통해 취업 비자 신청 서류를 준비해서 제출했다.

막혀 버린 이민의 길, 방법은?

취업 비자 수속을 의뢰했던 법무법인에서 다급히 전화를 해 왔다.

“이를 어쩌죠, 서류가 접수되기도 전에 취업 쿼터가 마감되었어요….”

“네? 그럼 저희는 신청도 못 하는 거예요?”

청천벽력 같은 소식이었다. 그렇다고 무작정 다음 해를 기약할 수도 없는 노릇. 우리가 꿈꿔 왔던 이민의 문은 이대로 닫혀 버리고 마는가….

남편과 나는 마음이 어려워졌다.

"미국 회사와 상의했는데, 일단은 나 혼자 예정대로 들어간 후에 방법을 알아볼게."

남편은 비장한 각오로 떠났다. 그리고 캘리포니아에 위치한 본사에서 연수를 받으며 소개받은 변호사를 통해 새로운 이민의 길을 모색했다.

나는 초조하게 남편의 소식을 기다렸다. 그러던 어느 날, 전화가 왔다.

"방법을 찾았어. 이번엔 제대로인 것 같아."

전화기 너머로 들리는 그의 목소리가 밝았다.

"여기서 취업 이민을 신청하면 1년 만에 영주권이 나온대!"

"정말요? 그런 방법이 있대요?"

우리가 신청하려다 막힌 취업 비자가 아닌, 취업 이민 비자를 신청하는 방법이었다. 석사 이상 학위이거나 관련 분야 경력이 5년 이상인 경우, 취업 이민 2순위로 신청할 수 있다고 했다.

남편 또한 이전의 경력을 인정받으면 2순위로 신청할 자격이 된다고 했다. 그럴 경우에는 영주권을 받는 데 1년 정도 걸린다고 하니, 눈이 번쩍 뜨이는 소식이었다. 미국에 가자마자 좋은 변호사를 소개받아서 좋은 방법을 찾게 되었으니, 정말 감사한 일이었다.

"당신도 아기 데리고 오면 돼. 내가 뉴욕에 집 마련해 놓고 있을게."

남편 말을 듣는 순간, 기쁨의 환호성이 절로 터져 나왔다. 그토록 고대하던 이민의 문이 활짝 열린 것이다!

마침내 뉴욕행 비행기에 오르다

뉴욕에 집을 마련하는 일이 남편 몫이라면, 한국 집을 정리하는 일은 내 몫이었다. 남편 회사가 물류 회사이기 때문에 해외 이삿짐 운송은 자연스레 해결이 되었다. 버릴 것, 줄 것, 가져갈 것을 분류해 정리하고, 짐을 싸서 부치느라 시간이 어떻게 흐르는지도 몰랐다.

양가 부모님과 헤어질 때가 제일 가슴 아프고 힘든 순간이었다. 발걸음이 떨어지지 않았지만, 그렇다고 계속 슬퍼할 수만은 없었다. 내게 주어진 중요한 미션을 수행해야 했기 때문이다. 아이를 안고, 무거운 가방을 들고, 열네 시간의 비행을 무사히 마치고 전화도 안 터지는 뉴욕의 낯선 공항에서 남편을 만나야 했다. 생각만으로도 부담감이 묵직하게 느껴졌다.

짐으로 꽉꽉 채워 넣은 이민 가방 세 개는 짐칸에 잘 실어 보냈다. 20인치 캐리어와 기저귀 가방, 유모차를 끌고 출국 게이트로 가자 아이가 있으니 먼저 탑승하라는 배려를 받았다. 자리를 잡고서 캐리어를 위칸으로 올리려는데, 옆 좌석에 있던 미국인 신사가 대신 올려 주었다. 내가 물건을 하나 떨어뜨리니 냉큼 주워 주기도 했다. 자상하기도 하지. 이렇게 멋진 뉴요커들이 있는 뉴욕으로 간단 말이지!

반대쪽 옆 좌석에는 한국인 여중생이 자리를 잡았다. 방학을 맞아서 집에 들렀다가 다시 미국으로 공부하러 들어가는 모양이었다. 아기가 바로 옆에 있어서 많이 불편할 텐데, 오히려 나를 배려해 주는 그 학생 덕에 아이까지 맡기고 화장실도 잘 다녀올 수 있었다. 옆자리 복은 넘치게 받은 셈이다.

그러나 우리 아기는 불편했나 보다. 잠을 잘 자지 못하고 계속 보채는데, 아이를 어르고 달래느라 나 또한 쉴 수가 없었다. 몸이 고단했다. 그러나 마음속에는 설렘이 꿈틀거렸다.

'우리 가족에게 어떤 삶이 기다리고 있을까?'

이제 남은 미션은 짐을 잘 끌고서 공항 출국장까지 도착하는 것이었다. 그런데 이것이 제일 막막했다. 짐이 너무 많은데다 유모차까지 끌어야 했으니 말이다. 돌아가는 컨베이어 벨트에서 짐은 무사히 끌어 내렸지만, 카트를 어떻게 빼는 건지는 몰라서 막막하게 서 있었다. 그때 내가 타고 왔던 항공사 직원이 도움의 손길을 내밀어 주었다. 카트를 빼내어 짐 싣는 것을 도와주고, 출국장을 빠져나올 때까지 내 옆에서 카트를 대신 끌어 주었다. 그의 도움이 없었으면 도저히 혼자서 감당할 수 없었으리라.

세관까지 무사히 통과하고 나니, 저 멀리 그리운 남편의 얼굴이 보였다. 모든 긴장과 피로가 사라지는 순간이었다. 8개월 된 우리 꼬맹이는 아빠 얼굴을 보더니 연신 싱글벙글 환한 미소를 지었다. 아빠와 한동안 떨어져 있었는데, 보자마자 알아보는 것이 신기했다. 아빠와 딸이 한참을 서로 마주 보며 웃는데, 내게는 더없이 아름다운 부녀 상봉 장면이었다.

막히는 줄 알았던 이민의 길이 다시 열리고, 도움의 손길에 힘입어 미국 이민의 여정 또한 무사히 마쳤다. 뉴욕에서 다시 하나가 된 가족, 비록 우리 셋뿐이지만 마음만은 든든했다. 낯선 도시 뉴욕에서 우리의 이민 스토리는 이렇게 시작되었다.

미국 취업 이민은?

미국 이민의 종류는 취업, 투자, 가족 초청 등이 있다. 그중에서 취업 이민은 일반인들이 가장 도전해 볼 만한 방법이다. 직종에 따라 1~3순위로 나뉘는데, 각각의 경우를 살펴보자.

✷ EB1 취업 이민 1순위 : 특기자

특수한 능력 소유자(과학, 예술, 교육, 경영, 체육 등에서), 저명한 교수 및 연구직 종사자, 다국적기업 임원 및 매니저에 해당되면 신청할 수 있다. 이 경우 노동 허가증이 필요 없다.

✷ EB2 취업 이민 2순위 : 고학력자

석사 이상 학위 소지자, 혹은 학사이면서 5년 이상 실무 경력 소지자에 해당되면 신청할 수 있다.

✷ EB3 취업 이민 3순위 : 숙련직 종사자

해당 분야에서 2년 이상의 경력을 필요로 한다. 회계사, 컴퓨터 프로그래머, 간호사 등의 직업군이 이에 속한다.

✷ EB3 취업 이민 3순위 : 비숙련직 종사자

경력이 없어도 수행할 수 있는 직종에 해당한다. 간병사, 청소 용역, 단순 노동자 등의 직업군이 이에 속한다. 한 해에 배당되는 쿼터 수가 적기 때문에, 이민 수속이 오래 걸린다는 단점이 있다.

이곳은 뉴욕 후라동

'뉴욕에서 우리가 살아갈 보금자리는 과연 어떤 곳일까?'

공항을 빠져나오니 짙은 어둠이 깔려 있었다. 처음 만나는 뉴욕의 어슴푸레한 전경은 다소 황량해 보였다. 밖에서 본 JFK 공항은 유명한 이름만큼이나 역사가 오래되어서 그런지, 아니면 신식인 인천공항과 비교되어 그런지 잘 모르겠지만 낡은 느낌이 물씬 풍겼다.

"어머나, 저기 한국 간판들이 보이네?"

친숙한 한글이 보여서 여기가 미국이 맞는지 헷갈릴 정도였다. 상점들을 지나 높이 솟은 아파트 건물이 보였다. 엘리베이터를 타고 올라가서 남편이 안내하는 대로 따라가 현관문 앞에 섰다.

마침내 뉴욕 우리 집과의 첫 만남! 설레는 마음으로 문을 열고 들어섰다. 전등 스위치를 켜니, 주방에서 바퀴벌레가 흩어지는 모습이 제일 먼저 눈에 들어오는 게 아닌가. 그 순간, 들떴던 기대감이 사라지면서 정신이 번쩍 들었다. 아파트의 방과 마루에는 깨끗해 보이지 않는 칙칙한 색상의 카펫이 깔려 있었고, 노란 불빛의 스탠드가 방 안을 침침하게 비추고 있었다. 날이 밝으면 혹시 달라 보일지도 모르겠지만….

그나마 우리 가족이 함께한다는 사실에 위안을 삼았다. 그렇게 뉴욕에서의 첫날이 저물어 갔다.

미국 속의 한국, 플러싱

뉴욕 시는 자치구 개념의 다섯 개 버러(borough)인 맨해튼(Manhattan), 브루클린(Brooklyn), 브롱크스(Bronx), 퀸즈(Queens), 스태튼 아일랜드(Staten Island)로 구성되어 있는데, 우리가 살게 된 동네는 퀸즈의 '플러싱(Flushing)'이란 곳이었다. 예전에는 한국 사람들이 더 많이 살았지만, 현재는 중국 사람들이 건물과 주택을 사들이면서 중국 간판들이 점점 더 늘어나는 추세였다. 그럼에도 LA 한인타운보다 더 한국 같은 이곳은 걸어서 모든 볼일을 해결할 정도로 한인 상가들이 밀집해 있었다. 그리고 마치 한국 동네인 양 '동'을 붙여서 플러싱을 '후라동'이라 부르기도 한다.

우리 집은 여기서도 교통이 편리하며 번화가에 가까운 지역에 위치해 있었다. 7번 전철역이 근처에 있고, 기차역도 가까우며, 식당가 또한 근처에 있었다. 우리가 사는 아파트는 대낮에 보면 겉으로는 그럴싸해 보이는 고층 아파트였다. 하지만 위치가 좋아서 렌트비도 비쌌고, 주차비도 별도로 내야 했다. 맨해튼 집값은 이보다 훨씬 비싸다고 하니, 이래서 뉴욕 물가가 세다고 하나 싶었다.

남편이 출근한 뒤, 유모차를 끌고 동네 이곳저곳을 둘러보았다. 한국 마트며 서점, 정육점, 철물점, 미용실 등 걸어서 갈 수 있는 거리 안에 다양한 한국 가게들이 있었다. 또한 전철역 인근을 중심으로 차이나타운이라 할 만큼 많은 중국 가게들이 입주해 있었고, 거리는 중국 사람들로 붐비고 있었다.

이곳은 교통도 편리하고 상권도 발달했지만, 내가 상상했던 한가롭고 평화스러운 미국 도시의 느낌은 전혀 아니었다. 어딘가 촌스러운 티를 벗지 못한 1970년대 한국의 분위기랄까. 사람들로 복작거리고, 쓰레기도 간혹 떨어져 있는 거리는 깨끗해 보이지 않았다. '후라동'이라는 별명이 잘 어울린다는 느낌이었다.

이것이 리얼 미국의 모습이다

아파트 근처에 있는 미국 마트에 처음으로 가 보았다. 몇 가지 식료품을 집어 들고 영어로 어떻게 말할까 조마조마하며 계산대에 섰다. 걱정할 필요가 없었다. 가격은 계산대에 저절로 찍혔고, 대화할 일도 없었다. 동전 계산이 안 되어 지폐부터 내밀었는데, 계산원은 나와 눈 한 번 마주치지 않고 영수증과 동전을 거슬러 줬다. 왠지 모를 냉랭함이 흘렀다.

거리를 오가는 사람들도 다들 쌩하니 지나치기 바빴다. 심지어 우리 아파트에 근무하는 경비원 중 한 명은 마주쳐도 인사하지 않고 그냥 지나갔다. 내가 기대했던 친절한 뉴요커들은 도통 보이지가 않았다.

사람들의 질서 의식도 부족해 보였다. 파란불이 켜지기 전에 급히 횡단보도를 건너거나 무단 횡단을 하는 사람도 많이 보였다. 도로에서는 앞차가 조금만 꾸물거려도 빵빵거리는 경적 소리가 요란했다. 옆으로 가겠다고 깜빡이를 켜면 양보를 하지 않고 오히려 더 속도를 내는 차들이 얄밉게 보였다.

한번은 길을 건너려고 신호등 앞에 섰는데, 파란불이 켜져서 길을 건너려는 아줌마를 우회전하는 차가 치는 장면을 목격했다. 사고를 낸 운전자는 바로 내리지도 않고 주춤하다가 마침 건너편에 서 있던 경찰차를 보고는 그제야 내리는 모양새였다. 여기서는 보행자 신호가 켜지면서 차량도 동시에 우회전하기 때문에 길을 건널 때는 항상 주위를 잘 돌아봐야 한다. 유모차를 끌고 나온 나로서는 놀란 가슴을 쓸어내리며 조심스레 집으로 발걸음을 옮겨야 했다.

내가 만난 뉴욕, 특별히 내가 사는 동네에 대한 총체적 평가는 실망스러움 그 자체였다. 집 근처 푸른 공원에 다람쥐와 토끼가 뛰어다니고, 널찍하고 아름다운 주택이 거리를 수놓고, 눈만 마주쳐도 웃으며 인사하는 사람들이 있는 그런 미국은 어디 있는 건지….

그렇다면 남편은 왜 이곳에 집을 얻었을까?

"다 당신을 위해서 여기로 정한 거지."

사실 그러했다. 한 대뿐인 차를 가지고 남편이 출퇴근을 하노라면, 나는 도보로 모든 걸 해결해야 했다. 남편은 그런 나를 배려해서 이곳에 집을 얻었던 것이다. 더욱이 한인이 많기 때문에 영어를 못해도 생활할 수 있을 거라는 점도 고려했다고 한다. 영어를 쓰지 않아도 살 수 있는 환경이 좋은 것인지는 모르겠지만….

뉴욕에 대한 환상으로 웃고, 환상이 깨져서 울던 그때는 잘 몰랐다. 높은 물가 속에서 이민자들이 치열하게 살아 내기 위해 더 각박할 수 있고, 서로의 언어가 다른 만큼 의사소통의 장벽이 높기에 더 친절하지 않을 수 있으며, 온갖 문화가 섞이기에 더 깨끗하지 않을 수 있다는 것을…. 그것이 다양한 인종의 용광로인 미국이라는 나라, 그리고 뉴욕이라는 도시의 모습 중 일부라는 것을….

뉴욕은 어느 동네가 살기 좋을까?

뉴욕으로 처음 이민 온 한인들이 선호하는 지역은 플러싱(Flushing) 쪽이다. 취학 연령 자녀가 있는 경우, 아이들이 커 가면서 좋은 학군을 따라 베이사이드(Bayside), 더글라스톤(Douglaston), 리틀넥(Little Neck) 등지로 옮기다가 중고등학교를 앞두고는 뉴욕 시를 벗어나 롱아일랜드(Long Island)로 들어가는 사람들이 많아진다.

롱아일랜드는 이름 그대로 대서양 쪽으로 길게 뻗은 섬 모양을 띠고 있는데, 다인종 이민자들이 많은 뉴욕 시보다는 백인과 유태인의 비율이 높다. 이 중에서 한인들이 선호하는 지역으로는 학군이 좋은 사요셋(Syosset), 제리코(Jericho), 플레인뷰(Plainview) 등이 있다. 거주 환경이 좋고 학군도 좋은 만큼 집값도 비싼 편이다.

맨해튼으로 출퇴근을 하거나 통학해야 하는 경우, 퀸즈 지역의 아스토리아(Astoria)도 인기 있는 주거지다. 강 하나를 건너면 맨해튼이어서 거리상 가깝고, 전철로 15분 거리여서 교통이 편리하다. 다른 지역에 비해 집값도 저렴한 편이어서 유학생, 신혼부부, 젊은 직장인들이 선호하는 지역이다. 이곳에는 한인뿐 아니라 동부 유럽인, 인도계, 중국계, 중동계 출신 이민자들이 저마다의 커뮤니티를 형성하고 있어서 동네마다 색다른 느낌이 든다.

센트럴파크, 넌 감동이었어

이삿짐도 어느 정도 정리됐겠다, 본격적으로 진짜 뉴욕이란 도시를 즐겨 보기로 했다. 남편이 "어디부터 갈까?"라고 물었을 때 "센트럴파크!"라는 말이 절로 튀어나왔다. 이리하여 어느 햇살 좋은 주말, 우리 가족은 후라동을 떠나 맨해튼으로 Go Go! 막히지 않으면 30~40분 정도 걸렸다. 이 멋진 도시가 우리 집에서 이리 가깝다니, 자부심이 절로 느껴졌다.

어느 곳이든 관광지에 가까울수록 주차비가 비싼 법. 우리는 센트럴파크에서 조금 떨어진 주차장에 주차를 하고 길을 나섰다. 지도 한 장 펴 들고 찾아가려니 방향이 헷갈렸다. 그래서 지나가던 두 남자에게 도움을 청했다. 그랬더니 두 사람, 파란불에 횡단보도 건너는 것도 잊은 채 함께 고민하며 방향을 알려 주는 게 아닌가. 우리 동네에선 보기 힘든 친절한 뉴요커를 만났다는 게 이리 감격적일 줄이야.

그들이 확신에 차서 알려 준 대로 길을 가는데, 왠지 이상했다. 가도 가도 센트럴파크가 나오지 않는 거다. 알고 보니 반대 방향으로 가고 있었

다. 그 순간 어느 여행 책자에서 읽었던 내용이 퍼뜩 떠올랐다. 뉴요커들은 길을 친절히 알려 주기는 하는데, 안내하는 방향이 다 다르니 꼼꼼히 확인해야 한다는 것이다.

다시 제대로 된 방향을 잡고 센트럴파크로 향하는 도중에 카네기 홀이 보여서 그곳을 배경으로 사진 한 장 남겨 주었다. 곳곳에 아는 명소들이 눈에 들어오니 거리를 걷는 것만으로도 즐거워졌다. 뉴욕의 오랜 역사를 담고 있는 건물 하나하나도 저마다 개성 있고 멋져 보였다.

센트럴파크의 매력 속으로

뉴욕 중심부에 위치한 녹색 공원인 센트럴파크. 영화 「나 홀로 집에(Home Alone)」를 비롯해서 무수한 영화들에 등장하는 이 공원을 실제로 방문하게 된 감격이란! 입구 중 하나인 콜럼버스 서클에 우뚝 선 동상이 반짝이며 우리를 반겨 주었다. 이때를 위해 사 두었던 여행 책자를 꺼내 들고 책에서 추천하는 코스대로 가 보기로 했다.

첫 번째 코스는 쉽 메도우(Sheep Meadow). 오래전에 '방목하여 양을 키우던 곳'이라 해서 붙여진 이름이라는데, 정말로 양들이 마음껏 뛰놀 만큼 넓은 잔디밭이 펼쳐져 있었다. 주위를 둘러싼 빌딩 숲과 녹색 잔디밭이 어우러져 묘한 조화를 이루고 있는 게 이곳의 매력 포인트였다. 잔디밭에서 일광욕을 즐기는 사람, 한가로이 책을 읽는 사람, 가족과 오붓하게 피크닉을 즐기는 사람 등 저마다 자유롭게 공원을 즐기고 있었다. 우리도 그 대열에 합류해 잠시 잔디밭에 앉아 있으려니 행복감이 몰려왔다. 나 또한 멋쟁이 뉴요커가 된 것처럼 녹색 공기를 마음껏 들이마시며 여유를 부려 보았다.

멋진 가로수가 길 양옆으로 펼쳐져 있는 '더 몰(The Mall)'을 거닐면서 공원의 고즈넉한 분위기에 젖어 들었다. 길거리 곳곳에서 펼쳐지는 댄스, 스턴트 묘기, 음악 연주 등 풍성한 퍼포먼스는 지나가는 사람들의 시선을 끌며 다채로운 매력을 선보이고 있었다.

공원을 걷다 보니 센트럴파크의 심장으로 불리는 '베데스다 파운틴(Bethesda Fountain)' 분수대가 눈에 들어왔다. 천사 모양의 조각상이 중심부에 있고 그 주변으로 물이 떨어지는데, 고풍스럽고 예쁜 모습에 절로 눈이 갔다. 분수대 주변으로 펼쳐진 푸른 호수에는 많은 사람들이 배를 타고 낭만을 즐기고 있었다.

호숫가 너머에는 우뚝 솟은 뉴욕의 빌딩들이 녹색 자연과 더불어 근사한 조화를 이루고 있었다. 산책하는 군데군데 벤치가 설치되어 있었기 때문에 쉬었다 갈 수 있어서 좋았다. 센트럴파크 곳곳을 다 걸어 보고 싶었지만 워낙 넓기도 하고, 유모차를 끌고 다니기에 길이 좋지 않은 곳도 있어서 멀리까지 가지는 못했다. 이미 첫걸음만으로도 센트럴파크의 매력에 포옥 빠져들었으니, 어찌 다음을 기약하지 않으리오.

맨해튼에는 볼거리, 쇼핑과 먹거리가 차고 넘쳤다. 하지만 우리는 뉴욕에 사는 동안 우리 마음을 가장 먼저 사로잡은 센트럴파크를 사랑하지 않을 수 없었다. 복잡다단하고 물가 비싸고, 때로는 각박하게 느껴지는 이역만리 타지에 살면서 한 번쯤 맨해튼에 가서 바람을 쐬는 여유는 달콤한 보상이었다.

그래, 가끔은 이렇게 바람을 쐬어야 한다. 그래도 뉴욕이잖아. 암, 그렇고말고.

슬기로운 미국 생활 Tip

센트럴파크 더 신나게 즐기기

센트럴파크 안에는 동물원(Central Park Zoo)이 있는데, 규모는 아담해도 회색 곰, 바다사자, 펭귄 등 다양한 동물을 볼 수 있다. 어린이 동물원도 있어서 아이와 함께 구경하기에 좋다. 4D 영화관도 있어서 오감을 자극하는 짜릿한 재미를 느껴 볼 수 있다.

공원 안에는 오랜 전통의 고풍스러운 회전목마가 있는데, 쉽게 생각하고 탔다가 빠른 속도에 가슴이 철렁 내려앉을 수도 있다. 특별한 낭만을 즐겨 보고 싶다면, 입구에 줄지어 있는 마차를 타고 천천히 공원을 둘러보는 것도 색다른 체험이 될 수 있다. 겨울에는 아이스링크가 열려서 빌딩숲을 배경으로 스케이트를 탈 수 있고, 여름에는 카니발이 설치되어서 신나게 놀이동산을 즐길 수 있다. 여름 시즌에 한해서 셰익스피어 연극과 뉴욕 필하모닉 공연 등을 무료로 감상할 수 있다. 따라서 이벤트가 열리는 날을 잘 챙길 것!

센트럴파크는 계절별로 다양한 매력을 즐길 수 있다. 아름다운 단풍이 어우러지는 가을 풍경, 하얀 눈이 소복이 쌓인 겨울 풍경은 그림엽서처럼 아름답다.
센트럴파크는 명실상부한 뉴욕의 자랑거리!

친구가 필요해

'아, 외롭다 외로워.'

낯선 나라, 낯선 동네에서 말 붙일 사람이라곤 남편밖에 없었으니 너무나 외로웠다. 유모차를 끌고 동네 여기저기를 다니면서 동양인 엄마라도 보이면 한국 사람인지 궁금했고, 한국인이라면 손 붙잡고 인사를 나누고 싶은 이 심정….

그렇게 내 마음은 친구에 굶주려 있었다.

놀이터는 만남의 장소

동네 놀이터에서 아이를 그네에 태워 주고 있는데, 어느 히스패닉 엄마가 예쁘장한 딸아이와 함께 다가왔다. 내가 힐끗 쳐다보자 그녀는 아이가 몇 개월이냐고 물어봐 주었다. 얼마나 반갑던지. 그 말을 시작으로 몇 마디 대화가 오고 갔다. 그녀의 아이는 8개월인데 벌써 귀걸이를 하고 걸음마도 잘 떼고 있었다.

호의적인 그녀와 여러 이야기를 나누고 싶었지만, 영어가 짧다 보니 더 말하고 싶어도 그렇게 하지 못해서 안타까웠다. 그래도 몇 마디 대화를 나눈 것에 의의를 두면서 앞으로 놀이터를 꾸준히 공략해 보기로 했다. 아이와 엄마를 함께 만날 수 있는 좋은 장소가 될 것 같았다.

그 후로 하루 일과처럼 아이를 데리고 놀이터로 향했다. 한번은 어느 중국인 엄마를 놀이터에서 몇 번 만났는데, 먼저 친절히 인사하며 이야기를 건네주어서 잠시나마 즐거운 대화를 할 수 있었다. 알고 보니 그녀는 타이완 사람이었고, 미국에 이민 온 시기도 나와 비슷했다. 그녀는 영어를 유창하게 구사했는데 발음도 원어민 못지않았다.

한 사람이라도 영어를 잘하면 어찌 됐건 대화가 된다. 그녀는 내 짧은 대답도 이해해 주면서 대화를 이끌어 주었다. 그러나 만나자마자 이별이라더니, 곧 뉴저지로 이사를 간다는 그녀의 말에 못내 서운해졌다. 서운하다는 내 심정을 영어로 어떻게 표현할지 몰라서 안타까운 표정만 짓고 말았다. 'I will miss you'라도 말할걸….

어느 날은 우리 아이와 비슷한 또래로 보이는 여자아이와 엄마가 눈에 띄었다. 처음엔 중국 사람인가 싶었는데, 자세히 귀 기울여 보니 아이에게 한국말로 말하는 것처럼 들렸다. 옆으로 다가가 슬그머니 물어봤다.

"혹시 한국 분이에요?"

"네, 맞아요."

"어머, 반가워요. 아이가 몇 살이에요?"

그 뒤부터는 대화가 술술 이어졌다. 말이 통하는 것만으로도 얼마나 가슴이 후련해지던지 속이 뻥 뚫리는 기분이었다. 나보다 이민 생활도

선배인 그 언니와 가끔씩 만나 교제하며 유용한 생활 정보도 얻을 수 있었다. 아이들은 서로 친구가 되기엔 어렸지만, 엄마들끼리 수다를 떠는 것만으로도 참 좋았다.

엄마와 아이가 함께하는 프로그램

놀이터 외에도 좋은 친교 장소를 알게 되었는데, 미취학 아동과 엄마를 위해 한인 교회 몇 곳에서 운영하는 '엄마와 나(Mommy&Me)'라는 프로그램이었다. 오전 시간에 엄마와 아이가 함께하는 다양한 활동(미술, 한글, 게임 등)을 하고 예배를 드리며 간식을 먹는 일정으로 짜여 있었다.

희소식은 이 프로그램을 주최하는 교회가 유모차를 끌고 찾아갈 수 있는 가까운 거리에 있다는 것. 이제 한 살밖에 되지 않은 우리 아이가 무엇을 배우기는 힘들겠지만, 여러 친구들과 함께하는 시간이 아이에게도 엄마에게도 즐거운 시간이 되리라 믿었다.

첫날부터 많은 엄마들이 아이를 데리고 함께 방문하여 교실이 꽉 차 있었다. 한글, 미술, 운동 등 여러 가지 활동을 할 수 있었는데, 사실 우리 아이는 한 살이 막 지난 나이라 참여하기가 쉽지 않았다. 그저 그 시간을 통해 여러 아이들과 함께 있는 시간을 낯설어 하지 않고 사회성을 조금 이나마 기르게 되길 바랐다.

서로 아는 엄마들끼리 활발히 이야기하느라 여기저기 웅성거리고 있을 때, 군중 속의 고독을 느끼던 내 시선은 어느 한 엄마에게로 향했다. 그 엄마도 나처럼 혼자였기에 더욱 눈길이 갔던 것 같다.

"아이가 몇 살이에요?"

내가 먼저 다가가 말문을 텄다. 먼저 용기를 내는 자가 친구를 얻는 법이니까.

그 집 아이는 귀엽게 생긴 남자아이로, 우리 딸과 같은 나이인 데다가 똑같이 첫아이였다. 나보다 나이가 아래인 그 엄마는 어렸을 때 미국으로 이민 와서 영어도 잘하고, 이곳을 잘 알고 있는 듯했다. 그 후로 매주 만날 때마다 우리는 더 많은 대화를 나누었고, 곧 언니 동생으로 호칭이 바뀌게 되었으며, 서로의 집도 방문하는 사이가 되었다.

어느 날은 함께 약속을 잡아 근처에 있는 과학박물관(New York Hall of Science)에도 놀러 갔다. 거기에는 어린아이들을 위한 작은 실내 놀이터와 체험관이 있었고, 인형극도 볼 수 있었다. 함께여서 더욱 신나는 시간이었다.

"언니, 우리 맨해튼에 같이 놀러 가요."

“정말? 너무 좋지. 그런데 애들 데리고 우리끼리 갈 수 있어?”

“여기서 기차 타고 나가면 돼요.”

이리하여 함께 플러싱 기차역에서 만나 맨해튼으로 가는 길에 기차표를 구입해 승차하는 것도, 맨해튼 기차역에 도착해서 전철로 갈아타는 것도 처음 경험했다. 그 엄마 꽁무니를 따라다녀서 가능했지, 노선이 복잡해서 혼자서는 절대로 갈 수 없을 것 같았다.

기차역과 전철역에는 기다란 계단만 있고 바깥으로 나가는 엘리베이터는 찾기 힘들었다. 유모차를 혼자 번쩍 들고 낑낑대며 계단을 오르내려도 도와주겠다는 사람이 하나도 없었다.

‘어쩜 이럴 수가… 뉴욕 신사들은 다 어디로 갔단 말인가?’

오직 엄마들의 힘으로 목적지에 잘 도착했다. 아이들의 박물관이자 실내 놀이터인 어린이 박물관(Children’s Museum)에서 아이들을 놀게 하고, 영화에도 나왔다는 유명한 베트남 레스토랑에서 쌀국수를 시켜 먹고, 메이시스(Macy’s) 백화점 쇼윈도의 아기자기한 크리스마스 장식을 감상했다. 그렇게 맨해튼 관광을 마친 후 버스를 타고 무사히 집까지 귀환하는 환상적인 하루를 보냈다. 나 혼자라면 꿈도 꾸지 못할 일이었지만, 미국 생활 베테랑인 엄마가 있어서 용기를 낼 수 있었다.

이민 초창기, 가장 낯설고 외로울 때 만난 인연들이어서 더욱 기억에 남는다. 본래 수줍음 많은 성격이지만, 그때는 친구가 절실했기에 용기를 내고 먼저 다가가 말을 걸었고, 그로 인해 만남이 시작되었다. 이사를 가게 되면서 자연스럽게 멀어졌지만, 외로운 이민 생활에 오아시스가 되어 주었던 그 시간들이 내겐 소중한 추억으로 남아 있다.

슬기로운 미국 생활 Tip

선배 맘들의 조언이 가득 담긴 웹사이트

처음 이민 와서 모르는 것투성이던 내게 큰 도움이 되었던 온라인 커뮤니티를 소개한다. 미주 한인 여성들의 대표적인 커뮤니티로 꼽히는 '미씨 USA'에서는 이사, 교육, 쇼핑, 요리, 생활 정보 등 여러 카테고리로 나뉘어 다양한 정보를 공유하고 있다. 중고 장터에서는 필요한 물품을 저렴하게 구입할 수 있는 기회가 많으니 잘 이용해 보자. 이와 비슷한 온라인 커뮤니티 사이트로 '미즈빌'이 있다. 아래 웹사이트 주소를 참고하자.

* 미씨 USA : www.missyusa.com
* 미즈빌 : www.mizville.org

아장아장 영어 걸음마

학창 시절 영어는 내가 좋아하는 과목이었고, 점수도 늘 좋은 편이었다. 대학에 입학해서는 중고생 영어 과외 선생님으로 활약하며 쏠쏠한 수입을 올리기도 했다. 문법, 읽기 위주로 배운 한국식 영어이기에 한계가 있지만, 미국에 와서도 이내 잘 적응하겠지 싶었다.

그런데 막상 이민을 와 보니 생각했던 것보다 언어의 장벽은 훨씬 높았다. 들어도 들리지 않고, 말하고 싶어도 입이 잘 안 열리는데 어쩌면 좋으랴. 총알같이 쏘아대고, 발음이 뭉그러지는 영어 홍수 속에 주눅부터 팍 들었다.

햄버거 하나 주문하려고 해도 입술이 바싹 타들어 갔다. 어쩌다 영어로 걸려 오는 전화라도 받을라치면 '버버버' 하는 사이에 상대방이 먼저 전화를 끊어 버리는 굴욕은 부지기수였다. 미국 TV 프로그램이라도 볼라치면 자막에 의지하지 않고는 무슨 이야기인지 몰라 화면만 보며 이해하는 꼴이었다.

미국에 온 지 며칠도 지나지 않았을 때 내 영어 실력을 깨달았다. 완전

걸음마 영어 수준임을.

영어를 안 해도 살 수 있는 동네, 플러싱에 살다 보면 그 걸음마에서 자칫 못 벗어날까 경각심이 들었다. 편안함에 안주하여 영어와 계속 평행선을 달릴 것인가, 아니면 부딪히며 조금이라도 전진할 것인가. 24시간 돌봐야 하는 어린아이가 있기에, 어딘가를 다니며 영어를 배우는 것은 현실적으로 힘들었다. 그렇다고 무대책으로 눌러앉아 있을 수만은 없는 일. 고민 끝에 내 나름의 작은 과제를 수행하는 것으로 영어의 지경을 넓혀 가리라 마음먹었다.

생활 속 영어 미션

영어를 쓰려면 미국 사람이 있는 곳으로 가야 하지 않겠는가. 그래서 첫 번째 탐방은 도서관으로 정했다.

전철역 부근이라 그런지 사람들이 바글바글했다. 유모차를 끌고 수많은 인파를 뚫으며 마침내 플러싱 라이브러리에 들어섰다. 아이에게 영어책 몇 권 읽어 주는 것만이 목표가 아니었다. 영어도 써 보고, 질문도 해결할 겸 안내 데스크로 다가가서 물었다.

"Is there any free ELA program?"

여기에 영어 회화 프로그램이 있느냐고 묻자, 안내원으로부터 가을에 무료 영어 강좌가 시작된다는 답변이 돌아왔다. 역시 있구나! 레벨 테스트까지 하는 것으로 보아 제법 시스템을 갖춘 프로그램 같았다. 하지만 안타깝게도 벌써 수강 신청이 마감되었다는 말을 들어야 했다.

다음 날, 집에서 유모차를 끌고 8블록을 걸어서 다른 도서관을 찾아가 보았다. 여기에도 무료 영어 클래스가 가을부터 시작된다는 광고가 붙어 있었다. '선착순'이라는 말에 반가워서 혹시 아기를 데리고 가도 되느냐고 물어보자, "No"라는 대답이 돌아왔다. 아, 역시 그렇구나…. 그렇다면 실생활에서 영어를 더 쓰도록 노력하는 수밖에. 아쉬움을 삼키며 쓸쓸히 발걸음을 돌려야 했다.

마침 우표가 필요하여 다음 미션은 우표 사는 것으로 정했다. 그런데 집 근처에는 우체국이 보이지 않았고, 근처 델리 가게에서 우표를 판다는 정보를 듣고는 들어가 봤다. 라틴계 점원에게 우표를 파느냐고 물어보는데, 못 알아듣는 표정이었다. 이번엔 단어를 크게 말했다.

"Stamp!"(우표 달라고!)

그랬더니 우표 열 장을 건네주었다. 가격이 얼마인지 몰라서 5달러를 건네었는데, 거스름돈을 안 주는 거다. 우표 한 장이 37센트였으니, 열 장이면 3달러 70센트일 텐데 말이다. 거스름돈을 기다리며 가만히 서 있는 내게 점원이 5달러를 받는 게 맞다고 우겼다.

'오호… 이 가게는 우표 값을 그대로 받는 게 아니라 수수료를 붙이는구나. 아니면 내가 영어를 잘 못한다고 만만히 보고 그런 걸까?'

계산을 따질 만큼 영어가 안 나오니, 일단 후퇴하기로 했다. 하, 언제쯤 나는 하고 싶은 말을 다 할 수 있을까. 한숨이 절로 나왔다.

아이를 데리고 어딘가에 가서 영어 공부를 하려면 많은 제약이 따르지만, 아이와 함께 영어를 공부할 방법도 있다. TV를 켜면 항상 영어가 나온다는, 불편하면서도 도전이 되는 현실을 적극 이용하는 것이다. 「세서

미 스트리트(Sesame Street)」나 「까이유(Caillou)」, 「미키 마우스(Mickey Mouse Clubhouse)」 등과 같은 프로그램을 아이와 함께 보기 시작했다.

하지만 아이들 프로도 말이 빨라서 쉽게 귀에 들어오지 않았다. 그러다 안 들리던 말이 갑자기 들리는 순간이 찾아오면 얼마나 신이 나던지. 아이들 프로를 시청하는 것도 꽤 재미있었으니, TV 시청은 아이와 엄마 모두에게 즐거운 휴식이자 공부 시간이 되었다.

대학에서 영어 공부를 해 볼까

나의 로망, 미국 대학에서 미국인들과 어깨를 나란히 하며 공부하는 건 현실적으로 힘들겠지만, 우선은 대학의 ESL 과목이라도 들어 보고 싶었다. 주중에는 아기 때문에 힘들지만, 주말에 수강하는 클래스라면 남편에게 아이를 맡기고 시간을 낼 수 있을 것 같았다.

이리하여 우리 집에서 멀지 않은 퀸즈 칼리지(Queens College)에서 ESL 과목 중 작문 고급 과정을 신청했다. 대학에 가서 영어 공부를 한다는 자체가 설레는 일이었다. 한편으로는 선생님 말을 알아듣고 과제를 잘 해낼 수 있을까 걱정도 되었다. 그렇게 기대 반 걱정 반 심정으로 첫 수업 날을 기다렸다.

막상 시작하고 보니, 나와 같은 영어 수강생들을 위해 더 천천히 또박또박 말해 주어서 그런지 그럭저럭 알아들을 수 있었다. 과제로 써낸 글에 대해 구체적으로 잘 썼다는 평가를 들었을 땐 자신감이 불끈!

친구를 사귀는 것은 또 다른 즐거움이었다. 같이 수업을 듣는 학생들

중에서 언니뻘 되는 한국인을 발견하고는 반가워서 말문을 트게 되었는데, 서로 말벗 삼아 즐겁게 수업을 다닐 수 있었다.

마침내 한 학기 수업을 마치고 수료장을 받아 드는데, 뿌듯함이 차올랐다. 그 수업 하나 듣고 영어에 얼마큼 도움이 되었는지는 잘 모르겠지만, 포기하지 않고 한 과정을 끝까지 마쳤다는 데 의의를 두었다.

그로부터 몇 년 뒤, 여유 시간이 조금 더 생기면서부터는 집중적으로 영어 공부를 해 보고 싶어서 퀸즈버러 커뮤니티 칼리지(Queensborough Community College)에서 개설한 무료 영어 프로그램에 등록했다. 일주일에 세 번씩 꾸준히 다니면서 영어 소설을 함께 읽으며 어휘, 문법, 실용 회화 등을 공부했다. 컴퓨터로 「뉴욕 타임스」에 나오는 어휘를 공부하며 퀴즈를 푸는 등 다양하게 영어를 배울 수 있었다. 세계 각지에서 온 사람들과 만나는 즐거움도 있었고, 같은 반의 한국 언니들과 교제하는 재미도 쏠쏠했다.

학기말에는 선생님과 학생들이 함께 맨해튼으로 연극 공연을 보러 간 적이 있었다. 영어 학습자를 위한 그 연극에서는 공연이 끝난 후 배우들이 나와 우리에게 질문을 하며 극의 이해를 높여 주는데, 그 모습이 매우 인상적이었다.

1년여를 부지런히 다니다 보니 어느새 자신감이 부쩍 차올라서 사람들과 영어로 대화하는 것이 별로 두렵지 않았다. 미국에 사는 한, 나의 영원한 미션이 될 영어! 나는 그렇게 한 걸음씩 아장아장 내딛고 있었다. 미국 땅에서 스스로 헤쳐 나갈 힘이 탄탄해지기를 기대하면서.

슬기로운 미국 생활 Tip

무료 ESL 프로그램을 활용하자

* 퀸즈 도서관의 ESOL Program

뉴욕 시 퀸즈 도서관(Queens Library)에서는 ESOL(English for Speakers of Other Languages) 프로그램을 무료로 제공한다. 레벨에 따라 초급, 중급, 고급으로 나뉘며, 일주일에 두 번 참석해서 세 시간씩 공부한다. 봄(1~5월), 가을(9~12월) 시즌마다 등록하여 12주 과정으로 진행된다. 각 지역의 퀸즈 도서관을 방문해서 등록할 수 있다. 선착순 마감에 자리가 한정적이니, 관심이 있다면 시기를 놓치지 말고 등록하자. 뉴욕뿐 아니라 본인이 거주하는 지역 도서관에서 운영하는 영어 학습 프로그램들이 있으니 문의해 보자.

* QCC Adult Literacy Program

뉴욕 시 베이사이드의 퀸즈버러 커뮤니티 칼리지(Queensborough Community College)에서는 지역 주민들을 위해 무료 영어 프로그램 'Adult Literacy Program'을 제공한다. 등록할 때 간단한 쓰기 시험과 인터뷰 시험을 치른 후 결과에 따라 초급반, 중급반, 고급반으로 편성된다. 신입생 등록 인원이 많지 않기 때문에 개강 시기에 맞춰 등록하는 게 좋다. 말하기, 듣기, 쓰기, 어휘 및 문법 실력을 높일 수 있는 좋은 기회이므로 적극 활용하자. 이외에도 2년제 대학인 커뮤니티 칼리지나 4년제 대학 등에서 무료 혹은 저렴한 비용으로 ESL(English as a Second Language) 수업을 제공하는 프로그램이 많으니 근처 대학에 문의해 보자.

✷ 미국 교회의 영어 학습 프로그램

자신이 거주하는 지역의 도서관이나 대학에 적당한 영어 학습 프로그램이 없다면, 동네 교회에서 제공하는 서비스를 이용하는 것도 좋은 방법이다. 많은 미국 교회가 지역 주민들을 위해 영어 학습 프로그램을 제공하므로, 교회 웹사이트 등을 통해 자세한 정보를 찾아보자.

꿈에 그리던 영주권을 받다

별문제 없이 영주권을 받을 수 있을 거라는 변호사의 말에 확신을 얻고 우리 가족 모두 미국으로 건너왔다. 복잡다단한 미국의 이민 신청 과정에서 언제 어떤 변수가 생길지 알 수 없기에, 영주권을 받기 전까지는 안심할 수 없는 부분이기도 했다. 과연 우리의 기대는 현실로 이루어질 것인가?

복잡한 취업 이민 신청 과정

우리는 미국에 도착하여 취업 이민 신청 절차를 밟았다. 신청 서류가 바로바로 진행되면 좋으련만, 취업 이민에는 순차적으로 밟아야 할 절차가 있었다.

첫 단계로, 고용주가 3개월간 구인 광고를 낸 뒤 적합한 사람을 현지에서 구할 수 없어서 외국인인 남편을 고용하게 되었다는 사실을 증명해야 했다. 그런 다음 '외국인 노동 허가서(Labor Certification)'를 제출한 뒤 노동부로부터 승인을 받아야 한다.

두 번째 단계로, 고용주가 '이민 초청장(I-140)'을 이민국에 접수하고 허가를 받는 절차다.

세 번째 단계로, 취업을 통해 영주권을 신청하는 사람이 '영주권 신청서(I-485)'를 이민국에 접수하고, 이민국의 심사를 받는다.

이 모든 절차를 통과하면 미국 내에서 일할 수 있는 노동 허가증을 받게 된다.

남편 회사에서 앞의 두 단계를 잘 진행해 준 덕분에 우리는 영주권 신청을 위한 절차로 넘어갔다. 건강검진 서류를 함께 제출해야 하므로 신체검사를 받아야 했다. 이를 위해 근처 내과를 찾아가 키, 몸무게, 혈압을 재고, 에이즈 감염 확인을 위한 피 검사와 결핵 반응 검사를 했다. 여기에 더하여 면역 증명 정보가 필요한데, 예방 접종 기록이 없으면 수두, 파상풍, MMR 면역을 증명하기 위해 혈액 검사를 받아야 한다고 했다. 병원 측은 덧붙여 말하기를, 검사 비용이 비싸기 때문에 주사를 맞는 게 나을 수 있다고 했다.

생각해 보니 조금 억울했다. 어릴 때 다 맞았던 예방 주사인데, 기록이 없다는 이유로 다시 맞아야 하다니. 우리에겐 아직 의료보험이 없기 때문에 비용도 만만치 않고 말이다.

그러고 보니 지인이 예방 접종 기록을 챙겨 가라고 했던 말이 퍼뜩 떠올랐다. 우리가 어렸을 때는 접종 기록 수첩 등이 없었기 때문에, 아는 의사에게 부탁해서 기록을 만들거나 이민을 위한 신체검사를 한국에서 받고 가는 것도 방법이라고 했다. 그러나 워낙 급하게 오느라 어느 것 하나 준비하지 못했다.

그럼 이제라도 한국 지인에게 부탁해서 접종 기록을 만들어 달라고 하면 되지 않을까? 팩스로 손쉽게 받을 수 있고, 어차피 다 맞은 주사들이니까 괜찮겠지 싶었다.

그런데 곰곰이 생각해 보니, 영주권을 받는 중요한 일을 앞두고 편법으로 서류를 만드는 것 같아 마음에 걸렸다. 그래서 정직하게 검사 받는 길을 택했다. 어차피 파상풍은 10년에 한 번씩 맞는 것이라 하니, 주사 한 대 꾹 맞고서 피 검사를 받았다. 결과는 빨리 나왔다. 나머지는 다 면역이 있는 것으로 증명되었다. 검사를 마치고 나니 얼마나 홀가분하던지!

모든 검사와 주사비, 아이 접종비까지 합치니 헉, 소리가 절로 나왔다. 아마 찾아보면 보건소 등 보다 저렴하게 신체검사를 받을 수 있는 방법도 있었겠지만, 편리하고 신속하게 처리된 점에 만족하기로 했다.

지문 찍으러 캘리포니아로

이민 신청 서류가 접수되고 3개월 정도 지나면 '워킹 퍼밋(Working Permit)'이라 불리는 노동 허가증이 나온다고 했다. 미국에서 일할 수 있는 합법적인 신분을 받게 되는 중요한 서류였다. 우리로서는 그게 나와야 미국의 주민등록증인 '소셜 시큐리티(Social Security)' 번호를 신청할 수 있고, 의료보험 및 운전면허증도 신청할 자격을 갖추게 된다. 그래서 간절한 마음으로 워킹 퍼밋이 나오길 기다렸다. 접수하고 3개월이 넘어가는데 아무 소식이 없어 마음이 불안했다.

"우리, 지문 찍으러 오라는 통보가 왔어. 어서 캘리포니아로 가는 비행편 좀 알아봐."

신분 조회를 위해 지문을 찍으러 오라는 통지가 도착한 것이다. 수속이 잘 진행되고 있다는 뜻이어서 안도감이 들었다. 이민 신청을 회사 본사가 있는 캘리포니아에서 진행했기 때문에 멀리까지 날아가야 했다. 마침 연말연시 기간이라 비싼 가격으로 티켓팅을 해야 했지만, 그게 문제랴. 룰루랄라 비행기 표를 끊고 캘리포니아로 향했다.

주목적인 지문 찍기를 마치고는 L.A. 관광도 하고, 남편 쪽 이모님 댁도 방문했다. 유학 시절, 남편이 즐겨 찾았던 바닷가를 아이와 함께 거니는데, 그 아름다운 풍경에 절로 행복감이 밀려왔다. 남편이 연애 시절부터 칭찬을 늘어놓으며 다시 가고 싶어 했던, 팥빙수 가게를 하면 좋겠다고 소원하던 그 바닷가를 지금 이렇게 우리 세 식구가 함께 걷고 있자니 감회가 새로웠다.

2008년이 시작되면서 고대하던 워킹 퍼밋이 도착했기에, 우리에겐 더욱 희망찬 새해였다. 마침내 합법적인 체류 신분으로 바뀌게 된 것이다. 우리는 곧바로 소셜 시큐리티 번호를 신청했고, 회사를 통해 의료보험도 들 수 있었다. 얼마나 안심이 되던지. 이제 이민 생활을 유지하는 데 있어서 중요한 걸음을 뗀 것이다.

어느 날 남편이 전화를 걸어왔다.

"우리 영주권 나왔어!"

수화기로 들려오는 남편의 기쁜 목소리에 나도 모르게 환호성이 터져

나왔다.

"꺄~ 정말?!!"

취업 이민을 신청하고 1년여 만에 정말로 영주권이 나온 것이다. 따로 영주권 인터뷰를 볼 필요도 없었다. 기대가 현실로 이루어지는 순간, 마치 이 세상의 모든 걸 가진 것만큼이나 기뻤다.

따끈따끈한 영주권 카드를 보노라니 감격스러웠다. 이제부터 이 땅에서 잘 살아가라는 격려를 받는 기분이었다. 우리에게 주어진 이 귀한 선물에 감사하며, 이곳에서 열심히 살아가겠노라고 마음속으로 다짐했다.

(우리 가족의 취업 이민 신청은 2006~2007년 사이에 진행되었기에, 현재의 취업 이민 진행 속도와 다를 수 있다.)

필수 과제, 뉴욕 운전면허증 취득!

미국에 와서 반드시 해야 할 미션 중의 하나, 그건 바로 운전면허증 따기! 처음 정착한 동네가 걸어서 볼일을 볼 수 있는 곳이라고는 하나, 아기 데리고 병원이라도 가려면 차 없이는 갈 수 없는… 여긴 드넓은 땅, 미국이었다. 버스 노선이 있기는 했지만 노선도 짧았고, 어떻게 타야 할지 엄두도 나지 않았다. 결국 자력으로 모든 볼일을 해결하려면, 내가 운전면허증을 따는 수밖에 없었다.

버지니아, 펜실베이니아 등 몇몇 주에서는 한국 운전면허증을 인정해 주어 별도의 시험 없이도 미국 면허증과 교환해 준다고 하는데, 여기서는 외국 면허증을 인정해 주지 않았다. 그래서 안타깝지만, 한국에서 1종 면허를 취득했음에도 처음부터 다시 시작해야 했다.

우선은 필기시험부터 준비했다. 미주 한인 업소록은 집집마다 한 부씩 챙겨 두는데, 그 뒷면에 보면 영어와 한글 버전으로 필기시험 유형이 나와 있다. 그것을 참고해서 열심히 암기했다. 한국어 번역이 어색해서 영어 버전이 더 쉬울 거라는 말도 있었지만, 나는 한국어 버전 문제 풀기에 주력했다. 한국어가 더 편한 건 어쩔 수 없었다.

어렵지 않은 한국어 필기시험

공부를 하고 어느 정도 자신감이 생기자 나는 신청할 때 필요한 서류(여권, 소셜 시큐리티 카드, 주소 증명할 고지서 등)를 챙겨서 남편과 DMV(Department of Motor Vehicles : 차량국, 차량 등록과 운전면허를 담당하는 행정 부서)로 향했다. 그가 일하는 사무실이 JFK 공항 근처 자메이카에 있었는데, 그곳은 흑인이 많은 동네였다. 우리 동네를 비롯해서 웬만한 DMV는 사람들이 많아서 대기 시간이 길기로 유명하다. 그래도 자메이카 쪽은 덜할 거라는 말을 듣고 남편 회사에서 멀지 않은 이곳 DMV를 선택했다.

자메이카로 들어서니 거리의 사람들이 흑인들로 바뀌어 갔다. DMV 안으로 들어가니 온통 흑인만 보였다. 예상은 했지만 조금 당황스러웠고, 나 혼자만 눈에 띄는 황인종이라서 살짝 겁도 났다. 주섬주섬 챙겨온 서류를 접수한 후 면허증에 필요한 시력 검사를 받았다. 그런 다음 한국어로 된 필기시험을 선택하여 시험지를 받아 들고 문제를 풀기 시작했다. 20문제 중 14문제를 맞히면 되는데, 다행히 공부한 내용과 크게 다르지 않아서 시험 결과는 무사 합격!

약 1주 후에 연습 면허증(Learner Permit)이 우편으로 도착했다. 신분증으로도 사용 가능한 이 면허증은 정식 면허증이 있는 사람이 동행한다는 조건하에 합법적으로 운전할 자격을 부여해 준다.

이제 실기시험을 접수할 차례다. 운전학원 등을 통해 다섯 시간 주행 연습을 했다는 확인서(Pre-licensing Course)가 있어야 접수를 할 수 있다. 그래서 주행 연습을 위해 집에서 가까운 한인 운전학원 선생님을 강사로 모셨다. 실기시험 전까지 다양한 코스로 안내하며 운전을 가르쳐 주어서 자신감 쑥쑥! 선생님도 별문제 없이 붙을 거라며 용기를 팍팍 불어넣어 주었다.

미국인 감독관 옆에서 치른 주행 테스트

드디어 결전의 날! 사실 운전에는 자신이 있었지만, 영어 소통에 자신이 없었기에 바싹 긴장할 수밖에 없었다. 내 옆에 무게감 느껴지는 미국 여자 감독관이 떡하니 앉아 있는데, 왜 이리 떨리는지…. 영어만 쓰는 미국 사람과 단둘이 차 안에 있다는 사실만으로 입술이 바짝 타들어 갔다.

감독관이 앞으로 가라는데 '어랏!' 차가 안 나가는 거다. 땀을 삐질 흘리며 버벅거리다 퍼뜩 정신을 차려 보니, 시동도 걸지 않고 운전을 시도하고 있는 게 아닌가. 그 뒤 무슨 정신으로 코스를 마쳤는지 잘 기억도 나지 않는다. 결과는 불합격….

다시 운전학원 강사를 대동하고 실전 연습을 더 했다. 이번엔 정말 이변이 아니라면 꼭 붙을 거라는 강사님 말씀을 새겨들으며 재도전! 두 번째인 만큼 처음보다는 마음의 평정을 유지하면서 운전에 임할 수 있었다. 이번엔 시동을 제대로 걸고 출발하여 각각의 코스를 무리 없이 통과한 듯했다. 두근거리는 마음으로 감독관을 쳐다보며 그의 말을 기다렸다. 이윽고 "Pass!"라는 말이 크게 들렸고, 감독관이 종이로 된 임시 면허증을 즉석에서 발급해 주었다. 미국 생활에 꼭 필요한 생활 미션 하나를 마침내 해낸 것이다!

운전면허증이 오기를 학수고대하고 있는데, 거의 2주 만에 묵직한 봉투가 도착했다. 반가운 마음에 얼른 뜯어 보니, 그토록 고대하던 면허증! 카메라 앵글을 잘못 봐서 거만한 듯 고개를 쳐들고 있는 사진이 마음에 안 들었지만 그래도 오케이. 그런데 이름이 '소'가 되어 버린 것을 발견하고는 속상한 마음을 떨칠 수 없었다.

이유인즉 내 이름은 '소나'인데, 한국에서 처음 여권을 신청할 때 '소'와 '나' 사이를 띄어 놓은 것이 화근이었다. 그 여권으로 이름을 만들다 보니 공식적인 내 이름(First Name)은 'So', 중간 이름(Middle Name)이 'Na'처럼 되어 버린 것이다. 한국어 이름이 어려울 경우 일부러 한 글자만 따서 이름으로 사용하기도 하지만, 내 이름은 쉽고 발음하기 좋다고 자부하던 터에 어찌 이런 일이….

운전면허증에 새겨진 내 이름에 아쉬움이 들기도 하고, 막상 면허증을 땄어도 어리바리 한국 아줌마가 이 험한 뉴욕을 잘 누비고 다닐 수 있을까 걱정도 되었지만… 그래도 감사했다. 미국에서 정식으로 통용되는 신분증을 받고, 어디든 운전할 수 있는 자격이 생겼으니 말이다. 그래, 해보는 거야!

슬기로운 미국 생활 Tip

미국에서 운전할 때 주의사항

✷ STOP 사인

미국에서는 도로마다 STOP 사인(표지판)이 많이 나오는데, 이때는 완전히 멈추고 좌우 주변을 살핀 후 다시 출발해야 한다. 형식적으로 잠깐 멈췄다가 출발하면, 어디선가 지켜보고 있는 경찰에게 잡히기 딱 좋다. 'Fail To Stop'이란 명목으로 티켓을 주는데, 주에 따라 벌금이 100~300달러를 호가하므로 티켓을 받으면 정말 억울해진다. STOP 사인이 나오면 차를 완전히 멈춰 세우고 3초를 센 후 다시 출발하는 습관을 들이자.

✷ 좌회전

좌회전 신호가 있는 신호등이면 신호에 따라 좌회전을 하면 되지만, 좌회전 신호가 없는 경우에는 파란불일 때 반대편 차가 오지 않는 것을 확인한 후 좌회전을 하면 된다.

✷ 우회전

우회전에 대한 규정은 주마다, 도시마다 다르다. 뉴욕 시에서 운전할 때는 빨간불에 우회전을 할 수 없다. 직진 신호에 파란불이 들어올 때만 우회전이 가능하다. 같은 뉴욕 주라도 롱아일랜드 지역에서는 빨간불에 우회전을 할 수 있는데, 먼저 멈춰서 3초간 정지한 후 보행자나 다른 차량이 없다는 것을 확인하고 우회전해야 한다. 'STOP on Red' 사인이 나온 경우 파란불일 때만 우회전할 수 있다. 그러므로 운전하는 지역의 규정을 살피고, 도로의 사인을 주의하여 살펴보면서 운전하는 자세가 필요하다.

두 번째 이야기

영어 잘 못해도 무작정 취업

이민 생활에서 만나는 여러 장벽들로 인해

나 자신이 작고 초라하게 보일 때도 많았다.

'여긴 어디고 나는 누구인가?'라는 질문이

절로 나올 법한 타향살이에서,

나의 작은 재능과 경험을 살려 일할 수 있었던 시간은

내게 큰 격려가 되었다.

신생 여행사, 신입사원으로

"미국을 잘 알려면 사회생활을 해 보는 게 좋아. 집에만 있으면 미국 생활에 적응하기 진짜 힘들 거야."

남편의 충고가 문득 가슴에 와닿았다.

이민을 온 지도 어느덧 1년. 아이와 집에만 있으니 영어를 쓸 일도 별로 없었다. 그러다 보니 영어를 써야 하는 상황이 두렵고, 뭘 하나 하는 것도 주저하게 되었다. 소심하고 내성적인 성격이라 더 그랬던 듯싶다.

남편의 조언대로 취직을 하면 무언가 돌파구를 찾을 수 있을 것도 같았다. 하지만 아이가 아직 어리기도 하고 국문과 전공인 내가 미국에서 무슨 일을 할 수 있을지도 의문이었다. 무엇보다 영어도 자신이 없었다. 그래도 혹시나 내가 할 수 있는 일이 있을까 싶어서 인터넷 등에서 구인 광고를 찾아보기 시작했다.

퍼즐이 맞아떨어진 쾌속 취업!

그러던 어느 날, 구인 광고 하나가 눈에 들어왔다.

'한인 여행사에서 직원을 구합니다.'

여행사라서 영어를 요구할 것 같았지만 이중 언어 구사자라는 조건을 내세우지 않아서 용기 내어 전화를 걸었다. 선뜻 인터뷰하러 오라는 말에 얼른 약속을 잡았다.

인터뷰 장소는 플러싱 어느 건물 2층에 자리 잡은 작은 사무실이었고, 시작한 지 얼마 되지 않은 여행사였다. 괌에서 여행사를 운영했으며, 미국에서 여행 가이드로 오래 일하다가 여행사를 차리게 되었다는 사장은 내가 마음에 들었는지 바로 같이 일을 하자고 했다. 제시한 급여도 나쁘지 않았고, 주급을 현금으로 준다는 점도 솔깃했다.

머릿속으로 계산기를 돌려 보니, 생활비 비싼 뉴욕에서 빠듯한 살림살이에 보탬이 될 것 같았다. 그리고 무엇보다 새로운 일에 뛰어들어 적극적으로 살아 보고 싶다는 바람도 컸다. 아이를 맡길 믿음직한 분도 알아둔 터였다. 무엇보다 반가운 것은, 사무실이 우리 집에서 걸어갈 만한 거리여서 아직 차가 없는 나에겐 더할 나위 없다는 점이었다. 모든 퍼즐이 맞아떨어졌다.

'그래, 한번 부딪혀 보자!'

취업은 순조로웠지만, 막상 출근을 해 보니 마음이 무거워졌다. 일을 열심히 하고 싶은데, 업무를 제대로 가르쳐 줄 사람이 없었다. 정규 직원도 없이 덜컥 여행사를 차린 사장님은 여행 가이드 출신이라 비행기 티켓팅은 할 줄 몰랐다. 다른 여행사 실장이 사무실을 같이 쓰면서 업무를 도와주고 있었는데, 사장님은 그녀에게 배우라고 했다. 그런데 무슨 이유인지는 몰라도 그녀가 미적대며 가르쳐 주지 않다가 얼마 지나지 않아 우리 사무실을 나갔다.

나는 어떻게든 업무를 익혀야 했기에, 티켓 대리점인 다른 여행사 직원에게 부탁해서 티켓팅 업무를 배우게 되었다. 일은 잘하지만 인간미 하나 느껴지지 않는 그 직원에게서 눈치 보며 배우느라 내 속도 타들어 갔다. 그래도 어떡하겠는가. 일은 해야 하는데…. 어느 정도 업무 파악이 되자, 얼른 하산했다.

멋모르고 뛰어든 여행사 업무

다시 돌아온 우리 사무실. 내 업무는 전화가 울리거나 손님이 찾아오면 여행 상품을 설명한 뒤 비행기 티켓을 예약해 주는 일이었다. 우리 여행사의 주 고객은 한인들이기에, 손님을 상대하는 일은 그렇게 힘들지 않았다. 항공사와 전화할 일만 별로 없다면, 그리고 영어권 손님만 오지 않는다면, 영어를 잘 못해도 그럭저럭 해 나갈 수 있을 것 같았다. 여행 상품을 소개하고, 티켓팅 예약을 대행해 주면서 한 사람 한 사람 친절하게 대하는 일이 즐겁게 느껴졌다.

몇 번에 걸쳐 전화 예약 상담을 해 준 어느 고객이 친절한 응대에 고맙다며 문득 이런 제안을 했다.

"내 조카를 소개해 주고 싶은데, 어때요?"

깜짝 놀란 나는 "어머머, 저 결혼했어요"라고 말하며 웃고 말았지만 전화로 만난 사이임에도 자신의 조카를 소개해 주고 싶을 만큼 좋은 인상을 주었다고 생각하니 기분이 좋았다. 중매 대신 내게 예쁜 목걸이를 우편으로 보내와 나를 감동시킨 그분은, 정말 고마운 나의 첫 고객이었다.

어느 고객은 자기가 신발 가게를 하는데, 매니저를 해 볼 생각이 없느냐며 운을 띄우기도 했다. "잘 봐 주셔서 감사합니다"라는 인사가 절로 나왔다. 나를 인정해 주고 좋아해 주는 고마운 손님들 덕분에 업무도 덩달아 즐거워졌다.

'여행사 일이 나와 케미가 이리 잘 맞을 줄이야.'

그렇게 모든 게 순조로울 줄 알았다. 그 일이 터지기 전까지는….

어느 날, 출근하자마자 이른 아침부터 전화가 울려댔다. 옐로스톤 여행을 예약했던 아주머니였다.

"여기 공항인데요. 체크인하려고 보니 우리 좌석이 없어서 비행기를 못 탔어요."

"네? 그럴 리가요. 다 티켓팅한 걸요."

"여행사에서 좌석 번호를 지정하지 않아 그렇다잖아요. 그쪽에서 책임지세요!"

어째 이런 일이… 비행기 티켓을 끊으면서 좌석 지정을 따로 안 했는데, 그게 이런 엄청난 파장을 불러올 줄 몰랐다. 사실 좌석은 손님이 직접 예약할 수도 있고, 공항에서 체크인할 때 좌석을 배정받을 수도 있기에 중요하게 생각하지 못했다. 이번 비행기는 오버 부킹을 받고는 좌석보다 태울 손님이 많아지자, 좌석 번호가 지정되어 있지 않은 승객부터 태우지 않은 모양이었다.

나는 진땀을 흘리며 사태를 수습하느라 정신이 없었다. 결국 그 아주머니 일행은 다음 비행기를 타고 여행지에 도착했고, 현지 가이드가 마중을 나가서 여행을 무사히 마칠 수 있었다. 하지만 그게 끝이 아니었다. 그 아주머니는 여행을 다녀온 후, 우리 때문에 불편을 겪었다며 손해배상을 요구했다. 이런 경우 법적인 책임이 어떻게 되는지에 대해서 나는 무지했고, 내가 원인을 제공했다는 사실 때문에 마음이 너무 괴로웠다.

결국 사장님은 그 아주머니 일행 1인당 100달러씩 보상해 주기로 했다. 비행기 티켓이나 여행 상품을 몇 개 팔아도 이익이 많이 남지 않는데, 보상 문제로 회사에 짐을 지운다는 것이 너무나 죄송했다. 그래도 그는 내 탓을 하지 않았다. 언제 쳐들어올지 몰라 나를 불안하게 하던 그 아주머니는 돈을 받은 뒤로 잠잠했고, 사건은 그렇게 일단락되었다.

나중에 알고 보니 오버 부킹으로 발생한 피해는 오버 부킹을 받은 항공사에서 승객에게 보상을 해 줘야 했다. 그러나 무지했던 나는 항공사에 바로 따지지도 못했다. 억울한 일이었지만, 어쩌겠는가. 내가 좌석에 신경을 썼다면 적어도 손님에게 그런 일이 벌어지지 않았을 테니까 말이다.

멋모르고 뛰어든 여행사 일은 재미있기도 했지만, 한 번의 실수가 뼈아픈 결과를 낳는다는 걸 깨달았던 사건이었다. 그 후로 발권하는 비행기 티켓마다 좌석을 지정하는 데 심혈을 기울였음은 말할 필요도 없으리라.

슬기로운 미국 생활 Tip

한인들을 위한 구직 사이트

✱ 헤이코리안(www.Heykorean.com)

뉴욕에 기반을 둔 해외 한인 포털 사이트로, 주로 뉴욕 지역의 다양한 구인 정보를 볼 수 있다. 구인, 구직뿐 아니라 부동산, 생활 정보, 사고팔기 등 유용한 정보를 얻을 수 있다.

✱ 잡코리아유에스에이(www.Jobkoreausa.com)

다양한 도시를 검색할 수 있으며, 주로 캘리포니아 쪽 구인 정보가 많다.

✱ 라디오코리아(www.radiokorea.com)

'커뮤니티/구인' 메뉴에 들어가면 캘리포니아 쪽 구인 정보를 찾을 수 있다.

✱ 기타

위 사이트 외에도 「미주 중앙일보」, 「미주 한국일보」 등 한인 신문 웹사이트에 들어가면 각 지역별 구인 정보를 찾을 수 있다.

첫 직장이여, 안녕

여행사에서 일을 시작한 지도 7개월이 지나고 있었다.

내가 일하고 있던 신생 여행사는 쟁쟁한 다른 경쟁사를 물리치고 고객을 확보하기 위해 더 낮은 가격으로 동부 관광 패키지를 제공했다. 또한 사장의 인맥과 입담을 풀가동한 끝에 서부 쪽 여행사에서 보내오는 손님을 대상으로 동부 관광을 진행하기도 했다.

그런데 시간이 지날수록 자금난은 더 심해졌고, 담당 직원과 사장의 얼굴은 날로 초췌해져 갔다. 그도 그럴 것이, 너무 저렴한 가격으로 투어 비용을 제시했기 때문에 손님을 받을수록 마이너스가 될 수밖에 없었다. 그렇게까지 할 필요가 있는지 정말 의아했다.

자금난은 심각해지고

돈에 쪼들리다 보니 여러 문제들이 발생했다. 플로리다, 하와이 등 현지 여행사로 우리 손님을 보낼 때 일단 손님부터 보내고 돈을 나중에 보내 주곤 했는데, 당장 우리가 진행하는 관광 쪽으로 돈이 필요하다 보니 다른 여행사에 보내는 송금 시기가 늦어지게 되었다. 그러다 보니 현지 여행사로부터 좋지 않은 말을 들었다. 빚쟁이로 몰리는 입장이 너무 싫었다.

상황이 이렇게 되자, 나는 점점 더 일에 흥미를 잃었다. 자금난에 허덕이는 회사 사정도 그렇고, 조그마한 실수도 엄청난 파장을 일으키는 여행사 일도 버겁게 느껴졌다.

어느 날 사장님은 더 이상 여력이 없었는지 우리 월급은 우리가 벌어서 가져가라고 말했다. 그러자 함께 일하는 직원이 더 이상은 안 되겠다고 생각했는지 "언니 먼저 빠져, 그다음에 내가 빠질게" 하며 눈짓을 했다. 결국 나는 용기 내어 말했다.

"사장님, 더 이상 일을 못할 것 같아요. 몸이 좋지 않아서요."

실제로도 혈압이 높은 편이어서 그 핑계를 댔지만, 의학적으로도 스트레스가 더 큰 병을 부른다고 하지 않던가! 사장은 아쉽다며 만류했지만, 내가 뜻을 굽히지 않자 구인 공고를 올렸다. 금세 새로운 직원으로 충원되나 싶었는데, 사장이 갑자기 내게 간절히 부탁을 했다. 지금 관광버스를 가진 다른 동업자가 합류하기로 해서 희망이 보이니 조금만 더 있어 달라고. 사실 나도 갈 곳을 정하지 않은 상태였기에 차마 거절하지 못했다. 한편으론 나를 필요로 하고, 함께 일하기 원한다는 게 고맙게 여겨지기도 했다.

"나, 한국행 비행기 티켓 하나만 끊어 줄래요? 편도로, 가장 빨리 나가는 걸로요."

사장은 급히 한국으로 가더니 그 후 소식을 끊었다. 잠적해 버린 것이다! 다른 사람을 통해 듣게 된 이야기는 가관이었다. 그가 캐나다 관광을 진행하면서 다시 미국으로 돌아올 때면 관광버스에 술집 여자들을 태워 밀입국시켜 줬고, 그 대가로 돈을 받아 왔다고 한다. 그런데 누군가의 밀고로 버스에 경찰이 들이닥쳐 가이드가 잡히자, 정작 책임자인 그는 바로 도망을 친 것이다. 어떻게 이런 일이… 기가 막힐 뿐이었다.

알고 보니 그의 경력, 학력, 가족사 등은 하나같이 거짓투성이였다. 심지어 자기 영주권은 특별한 몇 명에게 주어지는 골드 영주권이다 뭐다 이야기했는데, 한 치의 의심조차 하지 않았던 내가 바보처럼 여겨졌다. 결국 그는 거짓말쟁이, 허풍쟁이에 사기꾼이었다.

그럼에도 그를 미워할 수만은 없었다. 형편이 여의치 않은 중에도 내 월급은 챙겨 주려고 했으며, 내 실수를 덮어 주기도 했기 때문이다. 돈도 능력도 없고, 자존감이 없어서 거짓으로 자기 이력을 부풀리고, 불법으로 돈을 벌어 근근이 여행사를 꾸려 나가다가 모든 게 들통이 나자 줄행랑을 친 그의 인생이 딱하게 느껴졌다.

사장의 잠적, 그 후

사장이 줄행랑을 치고 후폭풍이 몰려왔다. 우리 여행사를 드나들던 관광 가이드가 말하길, FBI가 조사하러 이곳을 들이닥칠 거라 해서 심장이 벌렁거렸다. 그 사람도 허풍이 센 사람이어서 온전히 믿을 수는 없었지만, 이미 놀란 가슴은 진정이 되지 않았다. 나는 얼른 연락해야 할 고객

명단을 챙겨 급히 사무실을 나왔다. 그러곤 다시 돌아가지 않았다.

사무실 집기들은 그런 소문을 퍼뜨린 사람들이 도망친 사장에게 받아야 할 돈이 있다면서 나눠 먹기로 가져갔다고 한다. 나 또한 마지막 월급을 받지 못했지만, 그런 진흙탕 싸움엔 전혀 끼고 싶지 않았다.

비록 쫓기듯 사무실을 나왔지만, 내게는 처리해야 할 중요한 업무가 남아 있었다. 이미 돈을 지불하고 여행 가기로 계약한 손님들이 있었기 때문이다. 고객 돈을 받고 그 돈을 다른 여행사에 보내지 않은 상태였으니, 그들의 여행은 전부 취소될 상황이었다. 이런 상태에서 나까지 연락을 끊어 버리면 손님들이 얼마나 황당하겠는가.

나는 방법을 궁리했다. 다행스러운 것은, 우리 고객들의 관광을 맡기로 한 서부 쪽 여행사가 우리와 상호 협력하던 사이였다는 점이다. 그 여행사에서 동부 관광 고객을 우리에게 보내면, 우리는 서부를 비롯해 해외여행 고객들을 그쪽으로 보내고 있었기 때문에, 서로 정산해야 할 부분이 있었다.

나는 전화로 그쪽 담당자에게 우리 고객들 여행만 무사히 마치게 해 달라고 간절히 부탁했다. 그들도 발 빼면 그만일 수 있었지만, 내 부탁을 외면하지 않았다. 예약 고객이 많지 않은 게 그나마 다행이었다. 나는 고객들에게 전화를 걸어 사정을 설명하고 걱정하지 말라는 말도 덧붙였다. 그러자 다들 고마워했다.

이 모든 사태를 겪으며 나는 진이 다 빠져 버렸다. 첫째를 낳고 고혈압 판정을 받았다가 식이요법, 운동 등으로 혈압이 정상으로 내려갔었는데, 이번 일을 겪으면서 다시 혈압이 오르더니 좀처럼 떨어지지 않았다. 그만큼 심적으로 충격이 컸고, 격심한 스트레스가 되었던 것 같다. FBI가 우리 집에 들이닥치면 어쩌나 하는 쓸데없는 걱정도 했으니까.

고객 중 피해를 본 사람이 없어서 그런지 이 사건은 신문에도 나지 않았다. 하지만 얼마 후 캐나다 관광을 인솔했던 가이드가 경찰에 잡혀서 추방될 위기에 처해 있다는 소식이 들려왔다. 그게 사실이라면, 너무 가슴 아픈 일이었다. 정작 잘못한 사람은 한국으로 도망간 상황에서 애꿎은 젊은이가 죄를 다 뒤집어쓰는 일이 없기를 간절히 바랄 뿐이었다.

이렇게 해서 미국에서의 첫 취업은 황망하게 끝나 버리고 말았다. 한인이 많은 뉴욕 등 대도시에 사기꾼이 많으니 조심해야 한다는 얘기를 들은 적이 있는데, 내가 그런 사기꾼을 만나게 될 줄이야…. 그뿐만 아니라 처음에 같은 사무실에 있다가 독립해서 나갔던 다른 여행사 실장도 고객들의 돈을 들고 잠적했다고 한다.

머나먼 미국 땅에서 소수 민족으로 서로 돕고 살아야 할 동포들 사이에서 벌어지는 비열한 일들을 목격하게 되어 씁쓸했다. 내가 예정대로 일찍 회사를 그만두었다면 이런 험한 꼴은 보지 않았을지 모른다. 하지만 입사하자마자 황당한 일을 겪었을지 모를 신입보다는 내가 끝까지 남아서 수습하는 게 옳다고 생각했다.

영어도 잘 못하면서 덜컥 취직이 되었던 기쁨, 그리고 일을 통해서 느꼈던 보람과 값진 경험들, 비록 마지막 월급은 받지 못했지만 이제껏 월급을 밀리지 않고 받은 것을 위안으로 삼았다. 아픈 만큼 더 성장하리라 믿으면서….

주부 모니터 활약상

여행사에 다니고 있을 때의 일이다.

직장에 가 있는 동안 우리 아이를 돌봐 주었던 아주머니가 어느 날 이런 이야기를 꺼냈다.

“근처 한인 마트에서 주부 모니터를 뽑는다는데, 한번 응모해 보지 그래요?”

듣자마자 솔깃해졌다.

‘한번 자세히 알아봐야겠는걸!’

한인 마트의 주부 모니터가 되어

나는 그날로 마트에 장을 보러 가면서 매장 앞에 붙어 있는 포스터를 들여다보았다. 그 이벤트를 주최하는 마트는 뉴욕, 뉴저지, 캘리포니아를 비롯한 미국 여러 주에 체인점을 두고 있는데, 우리 동네만 해도 매장이 세 개여서 자주 가게 되는 마트였다.

그곳에서 처음으로 '주부 모니터'라는 제도를 시행하는데, 3개월 동안 각 매장당 두 명의 주부 모니터가 활동하면서 매장의 전반적인 상태를 점검하고 의견을 수렴한다는 취지였다. 일단 모니터 요원이 되면 활동한 월별로 150달러 상당의 마트 상품권이 주어진다고 하니, 장을 보면서 의견도 내고 돈도 버는 일석삼조의 효과 아닌가!

나는 주저하지 않고 지원서를 제출했다. 그로부터 며칠 후, 이메일을 열어 보다가 눈이 번쩍 뜨였다.

'1기 주부 모니터 요원이 되신 것을 축하드립니다.'

이야, 뽑혔구나! 경쟁률은 알 수 없었지만, 합격의 기쁨은 짜릿했다.

주부로서 가족의 먹거리를 쇼핑하면서 매장을 꼼꼼히 모니터하도록 하는 발상 자체가 바람직하게 다가왔다. 나는 모니터 활동을 하면서 매장 외부와 내부 환경, 제품의 상태, 광고 및 홍보, 직원 서비스 등을 체크하고 별도의 의견을 적어 한 달에 두 번, 설문지를 제출했다.

이러한 활동을 통해 유효 기간이 지난 제품과 신선도가 떨어져 보이는 고기, 생선, 과일 등의 제품 상태를 체크했다. 또한 서비스 개선에 대한 희망 사항을 적고, 구비했으면 하는 제품 목록을 제시하는 등 먹거리를 안전하게 지키는 일에 동참할 수 있어서 보람찼다. 비록 한 달에 두 번씩

꼬박꼬박 숙제를 제출해야 하는 부담감은 있었지만, 대신 매달 꼬박꼬박 받는 마트 상품권으로 충분한 보상이 되었다.

깜짝 보너스 선물까지

어느덧 3개월의 활동 기간이 종료되었다. 마트 본사에서는 뉴욕 각 매장에서 활동했던 주부 모니터들을 식당으로 초청했고 함께 소감을 나누며 식사하는 시간을 가졌다. 한 사람씩 돌아가면서 모니터 활동에 대해 느낀 점들을 이야기하는데, 다들 청산유수처럼 말을 왜 그리도 잘하는지…. 나만 제일 짧게 대답한 것 같았다.

밥이나 맛있게 먹고 가자는 마음으로 앉아 있었는데, 사회자의 멘트가 들려왔다.

"마지막으로 최우수 모니터 표창이 있겠습니다."

이 말과 함께 100달러 상품권과 플로리다 또는 포코노 직원 휴양지 무료 이용권이 포상으로 주어진다고 했다. 상품을 받으면 참 좋겠다고 막연히 생각하고 있을 때였다.

"박소나 씨, 축하합니다."

기대하지도 않았는데, 내 이름이 호명되는 게 아닌가! 놀란 마음을 진정시키고 감사히 상을 받았다.

'다들 열심히 하셨을 텐데, 어떻게 내가 최우수 모니터로 뽑혔을까?'

나중에 들어 보니 기한 엄수, 설문지 내용, 충실도, 적극적인 활동성 면에서 가장 높은 점수를 받았다고 한다. 그 자리에 「미주 중앙일보」 기자도 있었는데, 소감을 묻기에 이렇게 답했다.

"3개월이 짧은 기간이긴 하지만, 여러 부분에서 지적한 내용들이 개선되어 가는 것을 보고 많은 보람을 느꼈습니다. 앞으로도 이번처럼 주부들의 의견에 귀 기울이는 기회가 더욱 많이 제공되었으면 좋겠습니다."

기자는 내가 하는 일, 과거의 경력 등을 묻더니 나중에 전화로 추가 인터뷰를 요청했고, 별도의 기사도 작성해 주었다. 주부 모니터로 활동한 작은 일로 이렇게 기사화되어 내 사진과 함께 신문의 한 구석을 장식하게 된 게 신기할 따름이었다.

그 당시 육아와 살림을 하며 일도 하는 워킹맘으로서 바쁜 하루하루를 보내고 있었지만, 좋은 기회를 만나서 좋은 결과까지 얻게 되어 얼마나 보람되었는지 모른다. 신문기자와 인터뷰를 하며 '비슷한 활동을 한 적이 있었느냐?'는 질문을 받았는데, 그때 한국에서의 일이 떠올랐다.

신혼이긴 했지만 '아줌마' 대열에 합류했을 때의 일이다. 「인터넷 조선일보」에서 아줌마들의 칼럼인 '줌마클럽' 필진을 모집한다는 광고를 보게 되었다. 퍼뜩 떠오르는 아이디어를 글로 담아서 지원했는데, 필진으로 선정되었다는 연락을 받고 얼마나 기뻤는지 모른다.

그 후 몇 달간 주부로서 여러 상황을 겪으면서 느끼는 소감들을 칼럼으로 차곡차곡 정리하여 인터넷 신문을 통해 공유했다. 그중 치과 진료를 받으며 극과 극을 체험한 '두 치과 이야기'를 쓴 적이 있는데, 독자 반응이 제일 뜨거웠다며 이런 글이 더 나왔으면 좋겠다는 담당자의 전화를 받기도 했다. 아마도 좋았다는 그 치과가 어디냐고 문의하느라 반응이 더 뜨거웠는지 모르겠지만 말이다. 내게는 큰 격려가 되는 순간이었다.

짭짤한 원고료도 힘을 보태 주었고 말이다.

기회가 찾아왔을 때 놓치지 않고 뛰어드는 순발력과 용기가 필요하다. 내게 뿌듯한 보람을 선사했던 주부 모니터 제도는 지금은 사라지고 없는, 한시적으로 시행했던 제도다. '줌마클럽' 칼럼도 우리 기수를 마지막으로 더 이상 필진을 모집하지 않았다. 둘 다 그때 아니면 할 수 없는 최적의 타이밍에 나는 뛰어들었고, 그 기회를 얻을 수 있었다.

주부 모니터 활동이 끝나고 그동안 모은 상품권으로 먹거리 쇼핑도 알차게 하고, 내게 정보를 알려 준 아주머니에게 상품권으로 보답도 했다. 선물로 받은 휴양지 이용권으로 남편 지인 가족들과 함께 포코너에 위치한 별장에서 묵으며 낚시를 하고, 사슴을 구경하는 등 자연 속에서 여유로운 나들이도 즐길 수 있었다.

어디 그뿐이랴. 2007년 당시 「미주 중앙일보」와 「미주 한국일보」에 실린 내 기사들을 스크랩하여 지금까지 고이 간직하고 있으니, 가문의 영광이라 하겠다.

"얘들아, 엄마 신문에 나온 것 좀 봐!"

휘둥그레지는 아이들 눈을 보며 어깨가 으쓱으쓱.

그런데 이제 첫째 반응은 좀 다르다.

"엄마, 이미 본 거잖아요."

그래, 재탕 삼탕은 효과가 덜하구나. 하지만 엄마는 그때를 추억하는 것만으로도 뿌듯하단다.

재취업의 기로에서

여행사 일을 하면서 '영어'에 대한 갈증은 더욱 커졌다. 항공사와 통화하면서 내 짧은 영어로 얼마나 답답했으며, 영어권 손님 앞에서 얼마나 긴장을 했던가. 영어만 잘하면 기회의 문은 더욱 많이 열릴 것 같았다. 실제로 사무직 구인 광고 대부분은 영어와 한국어 둘 다 유창하게 잘하는 이중 언어 구사자를 조건으로 내세웠다. 비록 지금 내 실력으로는 언감생심일지라도 한번 두드려 보고 싶었다.

이리하여 변호사 사무실, 외국계 보험 회사, 은행 등 다양한 분야로 지원해 보았다. 떨리는 마음으로 면접까지 봤건만, 최종 연락이 오지 않아 기다림에 애태운 적도 여러 번. 취직을 포기할까 하던 찰나에 이전 여행사에서 함께 동고동락했던 직원이 나를 다른 여행사에 추천해 주었다. 제법 이름 있는 회사였고, 자체 버스를 보유하고 있어서 현지 관광을 활발히 진행하는 여행사였다. 신생 여행사의 열악한 환경 속에서 고군분투하던 시절과는 또 다를 것 같았다.

나는 편안한 마음으로 일을 시작했다. 이전과 다르지 않은 업무였기에 어렵지 않게 적응할 수 있었다. 모르면 물어볼 수 있는 상사가 있다는 것도 든든했다. 하지만 이 회사 역시 재정적으로 힘든 상황임을 알고는 마음이 힘들어졌다. 현지 여행사에 줄 돈이 차츰 밀리더니, 직원들 주급이 밀릴지 모른다는 말이 사장님 입에서 나왔다. 입사하고 4개월 만의 일이었다.

이전 여행사와 비슷한 상황에 직면하게 되면서, 나는 아찔해졌다. 함께 일하는 언니라도 주급을 받아 가려면 차라리 내가 먼저 그만두는 게 낫겠다 싶었다. 그렇게 결심하고는 앞에 놓인 신문을 들고 구직란 쪽으로 시선을 향했는데, S 회사에서 리셉셔니스트(receptionist)를 뽑는다는 광고가 눈에 들어왔다. 그 회사에 대해 좋은 평판을 들은 기억이 났다. 당연히 영어 실력을 요구할 테지만, 눈을 질끈 감고 이메일을 보냈다.

그로부터 얼마 후 연락이 왔다.

"이력서 잘 받았습니다. 내일 인터뷰하러 오시겠어요?"

과연 나를 향해 열려 있는 문일까? 두근거리는 마음을 안고 도전해 보기로 했다.

취업 인터뷰, 간절한 기대를 담아

인터뷰는 오전 아홉 시. 다니는 여행사에는 다른 이유를 둘러대고 아침 일찍 집을 나섰다. 인터뷰할 회사는 집에서 차로 30~40분 걸리는 곳에 있었다. 동네 길만 설설 다니던 내 운전 실력으로는 속도 빠른 고속도로를 타는 게 엄두가 안 나서 돌아서 가는 길을 택했다. 롱아일랜드 포트

워싱턴(Port Washington)의 아름다운 바닷가 마을을 끼고 꼬불꼬불 들어가서 마침내 목적지에 도착했다. 한적한 넓은 부지에 사무실과 커다란 창고가 붙어 있는 회사였다.

문을 열고 들어서는데, 마침 마주친 동남아 출신의 어느 여직원이 나를 안으로 안내해 주었다. 그녀와 영어로 몇 마디 인사말을 주고받노라니 이곳에선 영어를 쓸 기회가 더 많겠다는 생각이 절로 들었다.

두렵기도 하지만 더 솔깃해지는 이 마음. 칸막이마다 책상들이 즐비해 있었고, 분주히 일하는 사람들의 모습이 한눈에 들어왔다. 회사의 큰 규모에 놀라는 사이, 나와 통화했던 인사 담당자가 반갑게 맞이해 주었다.

"오시느라 수고하셨습니다. 이쪽으로 들어오세요."

싹싹해 보이는 그녀와 꽤 오랫동안 이야기를 나누었다. 호감을 가지고 경청해 주어서 기분이 좋았다. 한국에서의 경력도 이야기했지만, 미국에 와서 여행사에서 잠깐이나마 일해 본 경력은 확실히 플러스가 되는 것 같았다. 좋은 분위기가 이어지다가 인사 담당자가 갑자기 물었다.

"영어로 자기소개를 해 보시겠어요?"

순간 머릿속이 하얘졌다. 왜 나는 이런 기본적인 질문에 대비도 하지 않았을까 자책했지만, 이미 늦었다. 말을 꺼내긴 했으나 두서없는 영어에 얼굴은 홍당무처럼 붉어진 터였다. 마지막으로 자기 PR을 해 보라는 말에, 어떻게든 만회하고 싶어서 한인 마트에서 뉴욕 최우수 주부 모니터 요원으로 뽑혔던 경험을 냉큼 꺼내 들었다. 내가 맡은 직무는 최선을 다해 감당한다는 책임감과 성실감을 강조하면서 말이다. 태연한 척했지만, 당황스런 마음에 한국말로도 횡설수설한 것은 아닌가 싶어 마음이 편치 않았다.

곧이어 2차로 전무님과의 인터뷰가 이어졌다.

사람 좋아 보이는 그분 앞에서 내가 먼저 자수했다.

"영어가 부족하지만 기회를 주시면 최선을 다해 열심히 잘 감당하겠습니다."

그러자 그는 따뜻한 미소와 함께 대답했다.

"여기는 영어보다 한국말을 더 많이 써요."

그 말이 어찌나 위안이 되던지.

회사를 둘러보니 일하는 직원들 연령층도 젊었고, 회사 분위기가 활기차 보였다. 직원들에게서 회사에 대한 자부심이 느껴졌다. 이곳에서 제조해 판매하는 가발 및 붙임머리 등은 주로 흑인 고객들을 위한 제품이었다.

흑인의 모발은 얇고 안으로 파고드는 특성이 있기 때문에, 머리를 펴주거나 관리하는 데 돈과 노력이 많이 들어간다. 이를 대체하여 보다 편하게 머리를 관리할 수 있는 방법이 가발을 착용하는 것이기 때문에, 흑인 여성들에게 있어서 가발은 필수 화장품과도 같다. 이러한 가발 제품을 제조하여 미용용품점(Beauty Supply) 등에 납품하고 있는 이 회사는 이쪽 업계에서도 선두를 다투는 유망한 곳이었다.

자연히 내 마음속엔 이곳에서 일하고 싶다는 소망이 간절해졌다. 하지만 신입으로 들어가기엔 나이도 많은 편이고, 영어도 잘하지 못하는 나의 부족함이 마음에 걸렸다. 리셉셔니스트는 영어 능력이 많이 요구될텐데… 아까 보여 준 내 영어 실력을 어쩌면 좋단 말인가. 그래도 어쩌랴. 여기까지가 나의 몫이고, 나머지는 하늘에 맡기는 수밖에….

천금 같은 기회

인터뷰를 마친 후, 다시 여행사 내 자리로 돌아왔다. 정신을 차리고 업무에 집중하려는데, 오후가 되어 핸드폰이 울렸다. 얼른 복도로 뛰쳐나가 전화를 받았다.

"소나 씨, 축하해요. 합격했습니다."

이게 꿈인가, 생시인가! 하늘을 날아오르듯 기쁜 이 심정, 말로 다 표현할 수 없었다. 위기의 순간에 다가온 천금 같은 기회였다.

이리하여 두 번째 여행사와도 작별을 했다. 결국 나도 내 살길을 찾아 떠나게 되었지만, 내가 그만둠으로써 다른 직원도 계속 일할 수 있게 되었으니 서로에게 잘된 일이라 믿고 싶었다. 힘들고 고통스러운 순간도 겪었지만, 보람과 감사도 안겨 주었던 이 직종과도 이제는 안녕.

다시 시작할 때였다. 한 번도 경험해 보지 못한 가발 회사, 한 번도 해보지 않았던 '리셉셔니스트'라는 자리에서!

신세계의 문이 열리다

대망의 첫 출근을 앞두고 남편을 대동해 도로 주행 실습에 나섰다. 차로 출퇴근해야 할 고속도로 운전에 익숙해지기 위해 미리 연습해 두고 싶었다. 속도가 빠른 차들 사이로 진입해야 하는 순간이 제일 겁이 났다. 눈치를 몇 번이나 보다가 겨우 끼어들고, 차선을 바꾸기 힘들어서 한 차선으로만 가야 했지만, 남편의 잔소리를 채찍 삼아 열심히 달렸다.

고속도로에서 빠져나온 후에도 한참 더 들어가야 하는 거리였으니, 이전보다 출퇴근길이 꽤 멀어진 셈이다. 아홉 시에 출근해서 여섯 시 반 퇴근, 거기다 통근 시간까지 더하면 상당히 긴 시간이었다. 그 시간 동안 아이를 맡겨야 한다는 현실이 부담으로 다가왔고, 아이에게도 미안했다.

그럼에도 내게 찾아온 이 기회가 소중하게 여겨졌다. 처음 미국에 왔을 때 막연히 꿈꿨던 '나는 언제쯤 내 차를 운전해서 미국 직장에 다녀볼까?' 하는, 그 아메리칸 드림에 성큼 다가선 것만 같았다. 비록 한국 기업이고 영어를 얼마나 쓸지도 모르겠지만, 내 마음은 뿌듯함으로 차올랐다.

나는야 신입 리셉셔니스트

드디어 출근 첫날! 아침 일찍 잠에서 막 깨어난 아이를 유아원에 보내자니, 마음이 짠했다. 다시 심기일전하여 고속도로를 달리는데, 슬슬 걱정이 몰려왔다. 운전은 미리 연습한 덕에 출퇴근은 하겠지만, 영어는 전화로 통화할 때 몇 마디 찾아서 중얼거린 게 다였다.

'과연 이 실력으로 안내데스크에서 손님들을 잘 응대할 수 있을까….'

긴장되고 떨리는 마음으로 회사에 도착해 안내데스크로 가니, 인사 담당자가 반갑게 맞아 주었다. 제일 먼저 출근표 찍는 법부터 배웠다. 내 지문과 소셜 번호를 등록하고서 출퇴근할 때마다 지문을 찍으며 근무 시간을 기록해야 했다. 처음 사용해 보는지라 낯설기도 했지만, 다른 상사 눈치 볼 필요 없이 내 근무 시간을 지키고 퇴근하면 되기에 마음이 편했다.

안내데스크에는 나 외에도 한 명이 더 있었다. 그녀는 나보다 한 살 어렸지만 고등학교 때 이민을 와서 영어도 잘하고, 성격도 쾌활한 친구였다. 그녀에게 일을 배우며 모르는 건 언제든지 물어볼 수 있어서 든든했다. 그녀와 함께 전화를 받고, 고객으로부터 온 이메일에 답장을 해 주고, 직원들 출근표를 정리하는 일을 했다.

제일 긴장될 때는 영어권 손님의 전화를 받을 때였다. 가발을 판매하는 미용용품점에서 전화를 걸어 와 영업 직원을 바꿔 달라는 전화가 대부분이어서, 누구를 찾는지 잘 듣고 연결시켜 주면 되었다. 그러니 내선 번호를 아는 것이 중요했다. 내 옆자리 사부는 내게 내선 번호를 암기하라는 과제를 주고 테스트까지 했다. 이름만 들으면 번호가 바로 튀어나오게 말이다.

때로는 광고나 영업 목적으로 무작정 사장님을 연결해 달라는 전화도 있어서 잘 분별하여 차단해야 했다. 이런 때는 영어 능력이 더욱 요구되기에 특히 긴장되었다.

한번은 어떤 미국 남자가 사장님의 영어 이름을 부르며 연결해 달라면서 전화한 적이 있었다. 지금 안 계시는데, 용건이 뭐냐고 물어보았다. 그런데 내 질문에는 제대로 대답하지도 않고 집요하게 사장님을 찾던 그가 "Terrific!"이라 말하고는 전화를 끊었다. 문자 그대로는 '대단하다', '무섭다'는 단어인데, 아마 "잘들 하네!"라며 비꼬듯이 내뱉은 것으로 보였다.

한동안 가슴이 썰렁했지만, 그래도 어쩌랴. 불필요한 전화를 차단하는 게 내 일인 것을.

처음엔 누가 누군지 모르던 회사 사람들도 시간이 지나자 차츰 얼굴과 이름이 연결되었고, 주어진 업무에 한층 적응해 나가면서 조금씩 마음이 편해졌다. 다만 안내데스크 자리는 비우면 안 되기에 교대할 사람이 없으면 화장실도 내 마음대로 갈 수 없다는 불편함과 답답함이 있었다. 그렇다 보니 이렇게 오픈된 자리가 아닌, 사무실 어딘가에 내 자리가 있었으면 하는 소원이 절로 생겨났다. 희망은 있었다. 안내데스크로 들어왔다가 영업부나 다른 부서에 자리가 나면 옮기는 경우도 있다고 했다. 신입이면서 벌써 그날을 꿈꾸면 사치겠지만, 언젠가 나에게도 그런 날이 오지 않을까 막연히 소망했다.

회사 분위기는 정말 마음에 들었다. 앞서 일했던 여행사에서는 관광업 특성상 뜻하지 않은 사건 사고가 발생하거나 고객의 항의가 있을 때면 사무실 분위기가 거칠어지곤 했다. 그에 비하면 이곳 사람들은 신사적이고 친절했으며, 직원 복지도 좋았다. 아침에는 커피와 베이글 등이 제공되었고, 점심에는 매일 메뉴를 달리하여 한식당, 중식당, 이태리 식당 등에서 단체 주문을 해 주어 손쉽게 식사를 해결할 수 있었다.

그 점심 식사 주문이 내 업무 중 하나였다. 전화기를 스피커처럼 들고 "점심 식사 주문 부탁드립니다"라고 멘트를 날리는 것을 포함해서 말이다. 그 짧은 멘트를 듣고서 내 목소리가 아나운서처럼 근사하다는 칭찬을 들을 때면 어깨가 으쓱해지기도 했다.

또 한 번의 도약

그렇게 2주가 쏜살같이 흘러갔다. 어느 날, 인사 담당자가 나를 부르더니 뜻밖의 말을 꺼냈다.

"웨어하우스 부서에서 오피스 어시스턴트 자리가 났는데요. 소나 씨가 차분하게 잘 감당하실 것 같아 그 자리를 맡기려고 해요."

나는 눈이 휘둥그레졌다.

'그래, 그곳에서 일하던 여직원이 학업 때문에 그만두게 되었다고 했지. 그런데 그 자리가 내게 올 줄이야!'

담당할 업무는 창고에서 필요한 사무 업무를 수행하면서 영어권인 창고 직원들을 도와주는 역할이라고 했다. 우리 회사에서 이곳이야말로 한국 속의 미국 직장과도 같다고 하면서 말이다.

"좋은 기회를 주셔서 정말 감사드려요. 열심히 일해 볼게요."

감격스러웠다. 내 작은 소원이 이렇게 빨리 이루어지다니…. 다만 내가 먼저 사무실로 자리를 옮기게 되었기에, 함께 일했던 사부에게는 미안한 마음이 들었다. 하지만 회사에서는 리셉셔니스트로서 탁월하게 잘 감당하는 그녀가 꼭 필요했기에, 그렇게 결정한 거라고 믿었다.

내 자리가 바뀌게 된 날, 출근하는 기분이 묘했다. 붙박이였던 안내데스크를 지나쳐서 회사 안쪽으로 뚜벅뚜벅 걸어가는 내 발걸음이 낯설게만 느껴졌다.

사무실과 바로 붙어 있는 창고로 들어가는 문을 여니 새로운 세계가 펼쳐졌다. 각종 가발 제품들이 쌓여 있는 선반들을 지나 2층 창고 사무실로 올라가서 내 자리에 앉았다. 인적도 드문 조용한 곳에 위치한 내 자리가 너무나 마음에 들었다. 바로 창고로 나가면 마주치게 되는 외국인 직원들도 그저 신기하게 느껴졌다.

창고 문을 열면 펼쳐지는 또 다른 세상. 내게 신세계의 문이 열린 것이다.

눈치코치 영어로 일해 보자

"위그 컴퍼니 웨어하우스 오피스 어시스턴트로 일해요."

이렇게 말하면 왠지 좀 있어 보인다.

"가발 회사 창고 사무 보조로 일해요."

이러면 느낌이 또 확 달라진다. 영어와 한국어의 차이가 뭐길래….

다행히 회사에선 어떤 명칭을 써야 할지 고민할 필요가 없었다. 회사에서의 내 공식 직함은 '웨어하우스 오피스 어시스턴트(Warehouse Office Assistant)'였다. (마치 영어가 더 편한 양) 밖에서도 영어 명칭을 선호했다. 못 알아들으면 다시 한국말로 친절히 번역해 주면서 말이다.

우리 부서에는 근엄하게 무게 중심을 잡고 창고 직원들을 꽉 잡으면서도 마음은 따뜻한 부장님과, 아이디어도 많고 이야깃거리도 많은 과장님이 양 축을 이루고 있었다. 나는 그분들이 시키는 대로 필요한 서류를 만들고, 물품을 정리하고, 필요한 물건을 배달하고, 전화로 창고 물품 운송을 맡기는 등 여러 업무를 담당했다.

그분들은 주로 창고에 나가서 업무를 보았기 때문에 혼자 있을 때가 많았다. 홀로 사무실에서 일할 때 느껴지는 그 평온함이란! 늘 사람들로 분주하며 만천하에 공개되어 있던 안내데스크에 있어 보았기에, 혼자 있는 시간이 더욱 소중하게 느껴졌다.

낯선 악센트의 영어와 씨름하며

나의 또 다른 주 업무는 창고 직원들을 돕는 일이었다. 그들이 필요로 하는 물품을 챙겨 주고, 직원들의 출근표를 정리하며, 급여와 보험 등 복리 후생과 관련된 일을 도와주고, 야근 식사 주문과 식사 배급도 해 주었다.

창고에서 일하는 직원들은 남미의 작은 나라 '가이아나'에서 온 이민자 출신이 대다수였다. 나중엔 인력 사무소의 소개로 남미와 동남아 직원들을 더 뽑긴 했지만 말이다. 까무잡잡한 가이아나 사람들은 마치 인도 사람과 비슷하게 생겼는데, 아니나 다를까 인도인이 그 나라 인구의 절반을 차지한다고 했다.

과거 영국의 식민지였던 가이아나에서는 영어가 공용어라고 한다. 그런데 그들이 사용하는 영어는 영국식도 아닌 자기네만의 독특한 악센트가 있어서 알아듣기가 너무 힘들었다. 미국 영어도 알아듣기 힘든데, 난생처음 들어 보는 희한한 발음에 좌절감마저 들었다. 말하는 그들도 답답하고, 못 알아듣는 나도 답답하고…. 직원들과의 언어 장벽이 높게만 느껴졌다.

야근이 있을 때면 지원자에게 식사 주문을 받고 음식을 배분하는 일도 맡았는데, 이게 생각만큼 쉽지 않았다. 식당에 전화를 걸어서 영어로 주문하는 것부터가 내게는 도전이었다.

주문한 음식을 받아서 테이블에 진열해 놓으면 직원들이 자기 음식을 후다닥 찾아갔다. 그런데 문제는 자기 것이 아닌 남의 것을 가져가 버리는 직원이 있는가 하면, 어느 때는 음식이 모자라는 불가사의한 일이 벌어지기도 했다. 그럴 때마다 직원들의 원성을 들어야 했기에, 정말 진땀이 났다.

나도 이대로 당하고 있을 수만은 없는 법. 일찌감치 주문을 해 놓고, 음식이 도착하면 포장지 위에 주문한 직원의 이름을 적어 놓는 등 미리 부지런 떠는 법을 배워 갔다.

용기와 자신감이 쑥쑥!

좌충우돌하는 나에게 든든한 조력자가 있었으니, 바로 창고 직원들의 슈퍼바이저였다. 키도 크고 나름 인물도 훤칠한 그는 성실하고 친화력도 좋아서 회사의 신임을 한 몸에 받고 있었다. 업무상 이야기를 많이 나누다 보니, 처음엔 먼 나라 말이던 그의 말이 어느덧 내 귀에 조금씩 들려왔다. 그의 영어는 다른 친구들에 비해 악센트가 심하지 않아서 알아듣기에 조금 더 수월했다.

어느 날부터는 내가 믿을 만하게 느껴졌는지, 그가 속마음을 털어놓기 시작했다. 다른 창고 직원들로부터 위협을 받기도 하고, 한국인 상사의 눈에 벗어날까 노심초사하는 내면의 고민들을 말이다.

독신인 그에게는 복잡한 사랑 문제도 있었다. 다른 남자와 결혼해 아이까지 있던 첫사랑이 이혼을 했고, 그 후 그녀와 연락이 닿아 교제하고 있는 상태였다. 가이아나에 있는 그녀를 미국에 초청하고 싶은데, 절차가 복잡해서 고민이라고 했다.

지고지순한 그의 순정에 속으로 놀라기도 하고, 근심 걱정 많은 그가 안타깝기도 했다. 많은 이야기를 나누면서 우리는 서로 편한 말동무가 되어 갔다.

창고에는 가발을 수선하는 여직원들도 열댓 명 근무하고 있었다. 역시 가이아나 출신이 대다수였는데, 아이를 맡기고 맞벌이를 하거나 홀로 생계를 꾸려 나가는 싱글맘도 있어서 더욱 마음이 갔다. 여직원들에게 필요한 물품을 전달해 주거나 애로 사항을 들어 주기도 하고, 때로는 점심도 함께하면서 끈끈한 정이 생겼다.

처음에는 사무실 직원들과 같이 회사에서 시켜 주는 점심을 먹다가, 점심시간이 바뀌어 우리 부서끼리 식사를 하게 되면서는 나도 도시락을 싸 갔다. 김치볶음밥, 카레, 불고기, 해물볶음 등을 만들어 와서 먹으라고 권하면, 창고 여직원들이 맛있다며 잘 먹어 주었다. 나 또한 그들이 싸 오는 인도식 볶음밥, 카레와 전병, 완두콩 소스, 말린 생선볶음 등을 맛보며 맛있다고 엄지척을 해 주었다.

이때만 해도 알아들을 만큼만 알아듣고 몇 마디 덧붙이는 정도의 영어 실력이었다. 하지만 그들과 의사소통을 하고, 대화를 나눌 수 있는 관계로 발전하고 있다는 사실이 내게는 큰 의미로 다가왔다.

그러면서 영어를 익히는 나름의 비법도 터득했다. 대화를 하다가 무슨 말인지 알아듣지 못하면, 내가 이해한 만큼 다시 물어보았다. 그러면 상대방은 내 질문에 맞춰 다시 대답해 주기 때문에 대략의 내용을 파악할 수 있었다. 그래도 모를 때는 다시 유도 질문을 하는 식으로 눈치코치 영어를 배워 갔다.

사실 우리 부서의 부장님과 과장님도 유창한 영어 실력을 지닌 분들은 아니었다. 미국에 와서 식당 웨이터 일을 오래 하면서 영주권을 받았다는 부장님은 성실한 근무 자세를 인정받아 창고 부서를 맡게 되었다고 한다. 오랜 시간 식당에서 많은 사람들을 상대하며 쌓아 온 노하우가 있는 만큼, 창고 직원들과의 의사소통에는 별문제가 없어 보였다.

그에 비해 이민 온 지 오래되지 않아 영어가 더 짧은 과장님은 자신의 부족함을 메우려고 날마다 영어 방송을 들으며 공부하고 있었다. 거기서 배운 영어를 한마디라도 해 보려고 노력하면서 말이다.

나도 이분들에게 자극받아 영어 공부를 시작하긴 했으나 꾸준히 이어가는 게 쉽지 않았다. 워킹맘의 하루는 한시도 쉴 틈이 없었다. 회사 일이 끝나자마자 유아원으로 달려가 아이를 데려오고, 집으로 오자마자 저녁 식사를 준비해서 먹고 치우고 하다 보면 다음 날을 위해 지친 몸을 누이기에 바빴다.

비록 제대로 공부할 짬도 없었지만 주먹구구식이라도 영어를 자꾸 쓰다 보니, 내 안에 무언가 변화가 생겨나고 있었다. 이전에는 없었던 용기와 자신감이 조금씩 차오르기 시작한 것이다. 미국 생활에 꼭 필요한 영양소를 공급받는 느낌이었다.

아메리칸 드림을 가슴에 품고 조국을 떠나 이역만리 미국으로 찾아온

중남미, 동남아의 이민자들. 저마다의 사연을 안고서 열심히 땀 흘리며 일하는, 피부색도 저마다 다른 이들과 함께 부대끼며 일할 수 있는 이 자리가 소중했다. 그리고 짧은 영어로 창고 직원들과 소통하며 그들을 도와줄 수 있는 자리에 있다는 것도 감사했다.

이민자들의 나라, 미국의 축소판인 이곳에서 나의 하루는 바쁘게 지나가고 있었다.

회사 뉴스레터 편집장으로 승진?!

이민을 오기 전에 이런 고민을 했었다.

'미국 땅에서 나는 무슨 일을 할 수 있을까?'

배운 게 한글이고, 글과 관련된 일을 했다. 그런데 영어가 주 언어인 이 땅에서 내 전공과 경력을 살리기는 힘들 것 같고, 그렇다고 영어를 잘하는 것도 아닌데, 나는 과연 무엇을 할 수 있을까⋯.

다행히 직장을 얻긴 했지만 글과 관련된 곳은 아니었다. 그래서 내 경험을 살려서 자원봉사라도 해 볼까 하는 생각이 들었다. 뉴욕에 처음 와 1년간 다녔던 교회에서 잡지를 따로 발행하고 있었기에, 편집부에서 봉사를 하고 싶다며 연락처를 남겼는데, 감감무소식이었다. 봉사도 하고 싶다고 쉽게 할 수 있는 게 아니구나 싶었다. 그러던 어느 날, 교회에 복잡한 사정이 생기면서 우리는 다른 교회를 찾아보기로 했다.

롱아일랜드에 위치한 한인 교회를 찾아가 보았는데, 첫 방문부터 자석에 끌리듯 마음이 향했다. 남편과 이심전심으로 이곳에 다니기로 결정하고는 교인 등록을 했다. 등록 필수 과정인 새가족반 모임에 참석했을 때,

어느 분야에서 봉사하고 싶냐는 질문을 받았다. 나도 모르게 글과 관련된 분야였으면 좋겠다는 말이 툭 튀어나왔다. 그때 그 자리에 있던 어느 분이 내 말을 새겨들었는지 연락을 해 왔다. 우리 교회에서 잡지를 창간한다는데, 참여해 보지 않겠느냐는 제안이었다.

인생의 멋지고 신기한 기회들

될 일은 이렇게 쉽고도 자연스럽게 이루어지는구나 싶었다. 얼떨결에 잡지 창간호에 참여하게 된 후로 9년간을 쉼 없이 잡지를 만들었다. 처음엔 두 달, 나중엔 석 달에 한 번씩 돌아오는 마감을 맞추느라 바쁘게 원고 작업을 해야 했다. 그 일에 많은 시간과 노력이 들어가서 버겁게 느껴지기도 했지만, 영감이 되는 좋은 이야기들을 만날 때면 절로 힘과 용기를 얻을 수 있었다. 혼자 쓰라고 하면 잘 쓰지 못할 텐데, 마감이 있으면 억지로라도 쓰게 되니 이 또한 나에게 약이 되었을 것이다.

교회에는 도서관이 있어서 원하는 책을 빌려 보거나 희망 도서를 신청할 수 있었다. 여기서는 서점도 찾기 어렵고 책값도 비싸서 한국 책을 쉽게 사 보지 못했는데, 도서관이 있으니 원하는 책을 마음껏 읽을 수 있어서 참 좋았다.

한번은 교회 도서관 주최로 독후감 공모전이 있었는데, 이 기회를 놓칠세라 얼른 책을 읽고 독후감을 써냈다. 아무래도 응모한 사람이 적었나 보다. 내가 1등으로 당선된 것이다! 상금으로 받은 상품권으로 당시 인기 절정의 게임기인 '위(Wii)'를 한 대 장만하며 당선의 기쁨을 마음껏

누렸다. 운동 목적으로 구매해 놓고 지금은 비록 전시용으로 잘 모셔 놓고 있지만 말이다.

이 모든 것이 참 감사했다. 머나먼 미국 땅에서 한국 책을 손쉽게 접할 수 있고, 독후감 공모전에 참가할 수도 있으며, 잡지를 편집하며 글과 관련된 경험을 이어 나갈 수 있는 모든 기회가….

그런데 다니던 회사에서도 한글과 관련된 뜻밖의 기회를 만날 줄이야. 우리 부서 부장님이 몸이 안 좋아 입원하게 되어 사장님과 함께 병문안을 가던 길이었다. 사장님이 내 전공과 경력을 물으셔서 잠깐 이야기를 나누었는데, 사장님이 문득 이런 말을 꺼냈다.

"우리 회사 사보를 만들어 보는 게 어때요?"

놀랍고 기쁘면서도 일회성 발언은 아닐까 의구심이 들었다. 그런데 사장님은 그 마음 변치 않고 회사에서 나를 따로 부르더니 사보 만드는 일을 추진해 보라고 시동을 걸어 주었다.

이 회사에 입사하게 된 것도, 안내데스크에서 창고 사무실로 옮기게 된 것도 내겐 커다란 선물이었는데, 회사에서 사보를 만들게 되다니! 물론 기존의 업무에서 무엇 하나 줄어드는 것 없이, 새로운 일복이 넝쿨째 굴러들어 왔지만 말이다.

일할 맛이 더해 가다

창고에만 콕 박혀 있던 내가 영업부, 회계부, 디자인 부서 등 여러 사람들과 어울려 편집회의를 주관하기 시작했다. 따로 만나 대화를 나누기 쉽지 않은 회사 사람들과 편집팀으로 뭉쳐서 함께 아이디어를 짜내는 상황 자체가 즐겁고 신나는 경험이었다.

우선은 우리가 만들게 될 사보 이름을 공모했고, 콘텐츠를 기획한 후에 역할을 분담하여 기사 작성에 들어갔다. 회사 제품 및 회사 소개, 직원 인터뷰, 부서 안내 등은 빠질 수 없는 항목. 재미나게 기획 기사를 꾸며 보면서 에세이, 맛집, 여행지, 회사 소식 등을 맛깔스럽게 골고루 담으려고 노력했다. 교정 작업을 거쳐 예쁜 디자인의 옷을 입고 나니, 드디어 창간호 탄생!

제일 뒷면에 있는 판권에는 만든 사람 이름을 적는데, 내 이름 앞에

'편집자'라고 명칭을 붙이려 했더니 사람들이 받침에 'ㅇ' 하나를 더 붙여서 '편집장'이라 정정해 주었다. 받침 하나에 갑자기 신분 상승한 듯한 기분이 들었다.

그렇게 만들어진 사보는 회사 직원들에게 우선 배포되었고, 한국 손님들에게도 보내 드렸다. 사보를 통해서 회사를 긍정적으로 알리는 데 조금이나마 일조하기를 소망했다. 지위 고하에 얽매이지 않고 사내의 다양한 사람들과 어울려 함께 웃고, 즐겁게 고민하던 그 시간들은 내게 일할 맛을 더해 주었다. 횟수를 거듭할수록 아이디어도 점점 풍성해지면서 사보 형식도 더 발전해 나갔다.

이민 생활에서 만나는 여러 장벽들로 인해 나 자신이 작고 초라하게 보일 때가 많다. '여긴 어디고, 나는 누구인가?'라는 회의감이 절로 나올 법한 타향살이에서, 내 작은 재능과 경험을 살려 일할 수 있다는 것이 스스로에게 큰 격려가 되었다.

누군가에게 필요한 존재로 쓰임 받는다는 건 참 행복한 일이다. 내가 속한 그곳을 좀 더 사랑하게 되기도 하고 말이다.

잊을 수 없는 작별 선물

하루가 총알처럼 흘러가는 시간 속에서 워킹맘들의 고충을 경험하며 아등바등 허둥지둥 살아갔다. 몸은 고단하지만, 좋은 직장 환경에서 좋은 사람들과 함께 일하는 즐거움과 보람 또한 컸다.

그러던 중 내 몸에 큰 변화가 생겼다. 첫아이를 낳고 4년 넘게 기다렸던 둘째 아이가 마침내 우리를 찾아온 것이다. 사실 우리 가족은 큰 슬픔을 연달아 겪은 뒤였다. 시아버지가 먼저 세상을 떠나시고, 1년 후에 시어머니마저 우리 곁을 떠나신 것이다. 언제나 격려와 사랑을 아끼지 않으셨던 부모님의 빈자리로 힘들어 하는 우리 부부에게 둘째 아이는 위로의 선물과도 같았다.

이제는 떠나야 할 시간

나는 새 생명을 맞이할 준비를 위해 회사를 그만두기로 결정했다. 그즈음 큰아이가 공립학교에 들어가게 되고, 둘째도 곧 태어날 것이기에 엄마로서의 역할에 충실해야 한다고 생각했기 때문이다.

사실 어쩔 수 없는 상황에서 내린 결정이었지만, 막상 그만둔다고 생각하니 아쉬움이 컸다. 그동안 회사를 다니면서 내비게이션을 보고 척척 길을 찾아갈 만큼 운전 실력도 많이 늘었고, 영어에 대한 자신감도 늘었으며, 회사 사보를 만들며 보람차게 일할 수 있었기 때문이다.

그뿐이랴. 난생처음 내 돈으로 드레스를 사서 나름 우아하게 꾸미고 회사 연말 파티에 참석했던 일이며, 회사 경품 추첨에 당첨되어 남편과 딸아이를 데리고 양키스 구장에서 메이저리그 경기를 관람한 일 등도 직장 생활의 잊지 못할 추억이었다.

퇴사를 며칠 앞둔 어느 날이었다. 창고 여직원이 와 달라고 호출하기에 뭐가 필요해서 부르나 싶어 얼른 내려갔다. 급히 문을 여는데, 직원들이 다 모여서 "서프라이즈!"를 외치며 '베이비 샤워(Baby Shower)' 파티를 열어 주는 게 아닌가. 전혀 예상치 못했기에 그야말로 깜짝 파티였다.

다들 넉넉지 못한 형편임에도 각자 음식을 마련하고, 커다란 헬로키티 인형과 아기 옷, 신발, 양말, 심지어 돈 봉투까지 준비해서 내게 건네주었다. 눈물이 핑 돌았다. 미국에 이민을 와서 '베이비 샤워'란 걸 받아 보는 것도 처음이었다. 다른 누구도 아닌 창고 여직원들이 그렇게 마음을 모아 준비한 특별한 선물은 내 마음에 큰 감동으로 다가왔다. 두고두고 잊지 못할 최고의 선물이었다.

축복받은 만남

그동안 좋은 친구가 되어 준 창고 슈퍼바이저는 캐슬(Castle) 모양의 멋진 촛대를 선물해 주었다.

"Don't forget me, Sona."

자신을 잊지 말라는 그의 마음을 고맙게 받았다. 나 역시 그가 사랑의 결실을 아름답게 이루길 간절히 응원해 주었다. 그동안 한솥밥을 먹었던 창고 부장님과 과장님도 송별회를 열어 나를 격려해 주었다. 창고 부서원들의 마음을 꾹꾹 눌러 담은 카드와 함께….

내가 해 준 것은 작으나 받은 것은 더 많으니, 정말 모두에게 빚진 마음이었다. 헤어짐은 슬프지만, 그래도 좋은 일로 그만두는 것이라 감사했다. 또한 이렇게 따뜻한 축복을 받으며 떠날 수 있으니 행복했다.

아쉬운 사람들이 창고 식구들뿐이랴. 사무실 직원이었던 동갑내기 중국인 친구와도 종종 이야기 나누며 서로의 집도 방문할 정도로 가까워졌는데, 헤어짐이 아쉬웠다. 그녀와는 퇴사 이후로도 연락을 하고 지냈는데, 아이를 갖고 싶어 하던 그녀가 마침내 임신했다는 소식에 나 역시 얼마나 기쁘던지. 훗날 아이를 출산한 뒤, 우리 아이와 함께 반가운 만남도 가졌다.

회사에서 친하게 지냈던 언니도 나와 비슷한 시기에 임신하여 한 달 차로 출산을 해서 어느 날에는 서로의 아이들을 대동하여 함께 즐거운 시간을 보내기도 했다. 회사를 다니면서 이처럼 좋은 친구들을 만날 수 있어서 행복했다.

이로써 지난 3년여의 직장 생활도 종지부를 찍었다. 미국에 처음 이민 와서 어리바리 아무것도 모르던 아줌마가 용기 내어 한 걸음씩 내디뎠더니 취업의 문이 열렸다. 한인 여행사부터 가발 회사를 거치면서 좌충우돌 부딪히며 배우고 경험했던 모든 시간과 만남이 참으로 소중했고, 이 땅에서 살아가는 데 필요한 자신감과 용기는 내 삶의 자산이 되었다.

직장 생활을 통해 받은 선물들을 헤아려 보니 감사함이 넘쳤다. 이제는 내 인생의 가장 큰 선물, 소중한 두 아이의 엄마로 살아갈 시간이었다.

슬기로운 미국 생활 Tip

베이비 샤워

베이비 샤워(Baby Shower)는 출산을 앞둔 임신부와 태어날 아기를 미리 축하하는 이벤트다. 미국에서 보편화되어 있는 베이비 샤워 파티는 임신부와 가까운 친구, 직장 동료 등이 주체가 되어서 열어 준다. 파티가 열리면 임신부에게 필요한 아기용품을 선물하고, 맛있는 음식을 먹으며 축하와 덕담을 나눈다. 깜짝 파티로 준비하기도 하고, 미리 알리는 경우에는 임신부가 원하는 아기용품 리스트를 공개하여 필요한 선물을 해 줄 수도 있다.

세 번째 이야기

뉴요커, 뉴욕 라이프

뉴욕 시에서 제공하는 교육 혜택을 누리고,

맨해튼의 볼거리를 찾아 문화 혜택을 즐기며,

동부 곳곳으로 여행도 다녔다.

뉴욕에 사는 특권은 이처럼 쭉쭉 뻗어 나간다.

이사도 삼세 번, 우리 집 이사 변천사

드디어 결정할 시점이 다가왔다.

'집을 옮길 것인가, 말 것인가?'

뉴욕으로 이민 와서 처음 정착했던 플러싱의 방 하나짜리 아파트는 미국 생활에 대한 나의 막연한 환상을 여지없이 깨뜨려 주었다. 그러나 1년 가까이 지내면서 생활하는 데는 큰 불편함이 없었다. 뚜벅이로 걸어 다니며 모든 볼일을 잘 해결했으니, 그것으로 고마워해야 하지 않을까.

주택 임대 계약은 매년 갱신해야 하는데, 일반적으로 아파트의 경우는 재계약을 할 때마다 월세가 조금씩 올라간다. 어느덧 1년이 훌쩍 지나고, 재계약을 해야 할 시점에 우리는 이사를 결정했다.

복잡하지 않고, 더 조용하고 깨끗한 동네. 아이를 위해 방이 하나 더 있었으면 좋겠고. 이런 희망 사항을 따라 한인 신문에 나온 부동산 광고를 중심으로 이사할 집을 알아보기 시작했다.

그러던 중 한 집이 눈에 쏙 들어왔다. 같은 플러싱 지역이지만 주택가에 위치해 있어서 더 깨끗했고, 동네 분위기도 조용했다. 길 건너편에는 호수를 낀 큰 공원이 있어서 아이를 데리고 산책하기도 좋았다. 1층에 주인이 살면서 2층을 세놓은 건데, 방이 두 개에 거실, 화장실, 부엌 등의 사이즈가 우리 가족에게 알맞아 보였다. 가격도 괜찮았고, 난방비까지 월세에 포함되어 있어서 더 좋았다. 서로 의견 일치를 본 남편과 나는 이 집으로 결정!

아파트에서 개인 주택으로

한인 이삿짐센터를 불러 여름에 이사를 했다. 2층이라 집이 더웠다. 뜨거운 열기를 잡기 위해 창문 부착형 에어컨을 사서 거실 창문에 달았다. 아파트는 중앙난방이어서 히터와 에어컨이 자동으로 나오지만, 개인 주택은 별도로 에어컨을 설치해야 했다.

그래도 겨울에는 히터가 알아서 나올 테니 다행이다 싶었는데, 막상 겨울이 되고 보니 히터가 잘 안 나오는 거다. 히터 조절기가 주인집에 있다 보니 우리 마음대로 켤 수도 없었다. 입김이 호호 나오는 이 집은 냉골 그 자체였다. 그렇게 지내다가 더 이상 못 참겠다 싶어서 아래층으로 내려갔다.

"위층이 너무 추운데 히터가 안 나와요."

"그럴 리가요. 온도를 맞춰 놓았기 때문에 추우면 히터가 자동으로 나올 텐데요."

문 너머로 열 난로가 보였다. 주인도 추워서 난로로 버티고 있었다. 히터를 틀면 돈이 많이 나오니까…. 야속했다.

'어린아이도 있는데, 웬만하면 히터 좀 틀어 주시지.'

이런 속상한 마음과 달리, 말을 꺼내지도 못하고 그저 춥다는 걸 강조하고는 다시 올라왔다. 그 뒤 히터가 약간 나오다가 또 안 나왔다. 부실한 난방 때문에 겨울은 길고도 매섭게 추웠다. 우리도 열 난로를 켜고 버티는 수밖에…. 추위가 이 집의 가장 큰 취약점이었다.

또 하나, 우리를 힘들게 했던 것은 층간 소음이 잘 들린다는 문제였다. 뉴욕의 개인 주택들이 낡고 오래되다 보니 다 비슷한 사정인 것 같았다. 가만히 귀를 기울이면 아랫집 화장실 물 내리는 소리, 이야기하는 소리, 밤에 아저씨 코 고는 소리도 다 들렸다. 그 반대로, 우리 집 소리도 다 들린다고 생각하니 낯 뜨겁기도 했다.

그러던 어느 날, 한낮에 아이가 살짝 뛰었는데 주인아주머니가 곧바로 올라왔다. 주인아저씨가 예민하니 조심해 달라는 부탁이었다. 월세 살면서 입만 열면 조용히 하라고 했더니, 아이들이 커서도 까치발로 다니는 습관이 있다는 이야기를 들은 적이 있었다. 막상 겪어 보니, 그 심정을 조금은 알 것 같았다.

또 하나 불편한 점은 집에 세탁기를 둘 수 없다는 점이었다. 다른 집들은 세탁기를 갖추고 있거나 본인 세탁기를 가져오게 해 주는데, 여기는 둘 자리도 없었고 주인도 허락하지 않았다. 어쩔 수 없이 동네 빨래방(Coin Laundry)을 이용해야 했다. 이전에 살던 아파트에서도 이와 비슷하게 동전을 넣고 세탁기와 건조기를 돌리는 공용 세탁실을 이용했는데, 아파트 1층에 있어서 그리 불편하지는 않았다. 그런데 이제는 무거운 세탁물을 가지고 빨래방까지 차를 타고 가야 했기에 쉽지 않은 일감이 되어 버렸다.

그렇다고 단점만 있는 집은 아니었다. 조용한 동네 분위기와 근처의 공원은 역시 큰 장점이었고, 첫 직장이 가까워서 걸어 다닐 수도 있었으며, 가끔씩 잔치 음식을 나눠 주시는 주인아주머니의 인심도 좋았다.

하지만 둘째 아이를 갖게 되면서 저절로 결단이 섰다. 이제 그만 이사를 가기로. 아기 우는 소리를 주인이 감당 못할 것 같았고, 더 이상의 추위는 내 몸이 감당 못할 것 같았다. 거기다 세탁기도 없이 그 많은 아기 빨래는 어찌하고…. 이사를 해야 할 이유들만 떠올랐다.

한 단계 업! 우리의 새 보금자리

새로 이사 갈 집을 알아보려니 희망 사항이 많아졌다. 아이가 학교 들어갈 나이가 되어 가니, 이제는 학군도 고려 사항이 되었다. 아이에게 보다 좋은 교육 환경을 제공해 주고 싶은 희망까지 담아서 세 번째 집을 구하게 됐다. 수소문 끝에 플러싱을 벗어나 학군이 더 좋다는 베이사이드(Bayside), 그중에서도 '오클랜드가든(Oakland Gardens)'이라는 동네의 집을 소개받았다.

3층 콘도식 아파트 중 2층에 위치한 집이었다. 방이 세 개에 화장실 두 개, 주차 공간도 하나 있었고, 우리만 쓰는 세탁기와 건조기도 1층 복도에 있었다. 히터 조절기가 집 안에 있는 것은 물론이었다. 게다가 방마다 에어컨이 달려 있었으니 여름 더위도 걱정 없었다. 전기세와 가스비가 많이 나올 것 같았지만, 우선은 더위와 추위를 최소화할 수 있다는 게 어디인가!

2층이다 보니 위에서 시끄러우면 우리도 힘들고, 반면에 우리가 시끄럽다고 아랫집에서 불평할 수 있기에, 위아래 층간 소음이 걱정되긴 했다. 부동산 중개인은 괜찮을 거라고 우리를 안심시켰는데, 이사하고 보니 정말 그러했다.

윗집 소리가 안 들리는 건 아니었지만, 그 집 아이들이 크다 보니 적어도 뛰어다니지는 않았다. 아랫집은 중국인 아저씨가 살고 있었는데, 다른 집이 또 있는지 인기척이 거의 없었다. 집주인은 홍콩 사람으로, 조금 떨어진 동네에 살고 있으면서 우리가 수리를 요청하면 빠른 시간 내에 깔끔히 고쳐 주었다. 집세도 다른 곳에 비해 저렴한 편이었다.

동네도 조용하고, 공원도 가깝고, 한국 마트, 한국 식당 등 편의시설이 도보 거리 안에 있었다. 플러싱 저리 가라 할 정도로 살기 편한 곳이었다. 무엇보다 바로 한 블록만 건너면 우리 아이가 다닐 초등학교가 있어서 얼마나 편리하던지. 만일 차로 가는 거리였으면, 학교 주변의 빽빽이 늘어선 차들 사이에 주차하느라 고생깨나 했을 텐데 말이다. 인근 초등학교와 중학교들이 모두 좋은 학군에 속했고, 우리 아이가 다니게 될 학교도 평점이 높고 리뷰가 좋았다.

모든 면에서 만족스러웠다. 그 집을 알아보러 갔을 때 창문 너머로 분홍색 꽃들이 하늘하늘 손짓하더니, 우리가 이사를 할 즈음엔 하얀 벚꽃이 활짝 피어나 우리를 맞이해 주었다. 뉴욕에 살면서 7년이라는 시간 동안 우리 가족의 소중한 보금자리가 되어 준 고마운 집을 그렇게 만났다.

뉴요커의 탄생

둘째는 말한다. 자신은 진짜 뉴요커라고. 가족 중 유일하게 뉴욕에서 태어났다는 게 그 자부심의 이유다. 뉴욕 예찬론자인 둘째 아이 앞에서 가족 중 누군가가 (주로 나와 남편이) "거긴 너무 춥다, 캘리포니아가 더 좋지 않느냐" 등의 말을 하면 벌컥 화를 낸다. 태어나서 5년간 살아온 그곳이 얼마나 기억이 날까 싶지만, 그래도 인정해 준다. 우리 집에서 유일한 'MADE IN USA'이자 뉴욕 태생인 것을.

그 꼬맹이 뉴요커를 낳은 건 나에게도 잊을 수 없는 경험이었다. 두 번째이지만 여전히 두렵고 떨리는 출산을 미국 병원에서 겪게 되었으니 말이다.

안성맞춤 한인 의사 찾기

기다리고 고대하던 새 생명을 잉태하게 된 기쁨 너머로 또 다른 고민이 펼쳐졌다.

'어느 산부인과 의사를 선택할 것인가?'

내 짧은 영어로 미국 산부인과 의사는 범접할 수 없는 존재이기에, 당연히 내 선택은 한국 산부인과 의사였다. 플러싱을 비롯한 뉴욕과 롱아일랜드 지역에 한국 사람들이 제법 산다지만, 산부인과 의사는 많지 않았기에 몇몇 의사들에게 환자들이 집중되고 있었다.

신중한 고민 끝에 지인의 소개를 받아 나이 지긋하신 여의사 선생님을 선택했다. 선생님은 한국 사람이지만 미국 병원에 소속돼 있는지라, 그 외 직원과 간호사들이 미국 사람인 것이 다소 불편하기는 했다. 하지만 미국에 살면서 이 정도 영어는 해 줘야지! 예약을 용케 해낼 때마다 스스로 뿌듯해 하는 묘미가 있었다.

미국 산부인과에서는 특이한 점이, 웬만하면 초음파 검사를 하지 않는다는 것이다. 한국에서 첫째를 임신했을 때는 검진 때마다 초음파 검사를 하며 일일이 녹화도 해 주었고, 임신 중반기의 입체 초음파 검사 때는 생생하게 3D 사진으로 아이를 볼 수 있었다. 그런데 미국에서는 그런 서비스를 기대하기 어려웠다. 아무래도 검사 비용이 비싸므로 보험 회사에서 승인하는 한도가 있어서 그런 게 아닐까 짐작할 뿐이다.

임신 20주에 접어들면 정밀 초음파 검사를 따로 잡아서 아이의 성장을 세밀히 체크할 수 있다. 또한 성별도 알려 준다기에 궁금한 마음을 가득 안고 찾아갔다. 남편이 호랑이 꿈을 꾸었다기에 아들일까 추측했는데, 초음파 검사를 진행하던 테크니션이 첫째의 성별을 물어보더니 힌트를 주었다.

"언니 옷 물려 입으면 되겠네요."

호랑이띠에 호랑이 태몽인 이 아이, 범상치 않은 딸이겠구나 싶었다. 검사를 마치고 입체가 아닌 평면으로 아이의 형체만 어렴풋이 보이는 사진 한 장만 덜렁 받아왔다. 더 이상 무엇을 바라랴. 건강하게 자라는 모습을 확인한 것만으로 큰 선물인 것을.

출산 예정일이 다가오는데, 어느 날 아이가 자리를 거꾸로 잡았다는 게 아닌가. 그래서 첫째도 제왕절개를 했는데, 둘째 너마저! 실망하던 내게 의사가 말했다.

"아무래도 수술 날짜를 잡아야겠네요."

자연 분만을 원했건만 어쩔 도리가 없었다. 날짜를 잡으려고 보니 신기하게도 첫째 생일과 비슷했다. 아예 같은 날로 맞출 수도 있었지만, 그러면 둘이 싫어할 것 같아서 조금은 다르게 정했다. 첫째는 17일, 둘째는 18일로. 하루면 그래도 괜찮겠지? 여차하면 생일도 같이 치르고. 그러고는 생각해 보니 "엄마, 싫어요!"라고 외치는 아이들 원성이 벌써부터 들리는 듯하여 나도 모르게 미소를 짓고 말았다.

미국 병원에서 태어난 둘째 아이

뉴욕 맨해셋(Manhasset)에 위치한 종합병원에서 수속을 밟고 수술실에서 떨리는 마음으로 기다리는데, 마취 의사가 와서 척추 쪽으로 주사를 놓았다. 싸한 느낌이 등골 사이로 서서히 퍼졌다. 수면 마취는 아니었기에 내 의식은 말짱했다.

이윽고 제왕절개 수술이 시작되었다. 몸이 많이 흔들리고 쓱쓱 잡아

빼는 듯한 느낌이 들어 갑자기 무서워졌다. '첫째 출산 때 수면 마취를 하고 세상모르게 아이를 낳았을 때가 정말 편했구나' 하는 생각이 절로 들었다. 잠시 후 들리는 아이의 울음소리. 갓 태어난 아이를 내 품에 안아 보는 감격이란! 수술을 견디어 낸 가장 큰 보상이었다.

수술이 끝나고도 옮겨 갈 병실이 없어 대기실에서 한참을 누워 있어야 했다. 그럼에도 곤히 잠든 아기를 보고 있노라니 그저 흐뭇했다. 곧 저녁이 되어 가족들은 집으로 떠나고 아이는 신생아실로, 나는 2인실 병실로 옮겨졌다. 아는 이 없고 말도 불편한 미국 병원에 홀로 남아 있자니 약간 겁이 났다. 하지만 우리 아기를 위해서라도 강해져야 했다.

그렇게 마음을 진정시키고 있을 때였다. 내 옆에 또 다른 산모의 인기척이 느껴졌다. 커튼이 쳐 있어서 비록 서로 전혀 볼 수 없었지만 말이다. 의사와 간호사가 주기적으로 찾아와 나를 체크했다. 고통이 어느 정도인지 물어보고 아프면 진통제를 더 주겠다고 의사가 말했다. 나는 그 말을 대충 다 알아듣고는 고개를 끄덕였다.

"화장실에 가고 싶으면 방 안에 있는 화장실을 이용하세요."

갑작스런 간호사의 말에, '걸어서 화장실에 가라고? 나 수술한 지 얼마 안 됐는데?' 생각이 절로 들었다. 한국에서는 제왕절개 수술 후 소변 줄을 꽂아 주었기에 몸을 움직일 필요가 없었다. 그런데 여기서는 수술 당일에 걸어서 화장실을 가라는 거다. 이런 야속한 미국인들 같으니….

정말이지, 몸을 움직일 때마다 너무 아팠다. 뭐라 불평할 수도 없고, 온 힘을 다해 낑낑대며 겨우 볼일을 봤다. 나도 안다. 힘들어도 그렇게 움직이는 게 회복이 더 빠르다는 것을. 그래도 아픈 건 어쩔 수 없으니, 화장실 가기가 무서웠다.

아침에 눈을 떠 보니, 옆자리 산모의 한숨 소리가 유난히 크게 들렸다. 앗, 그러고 보니 찔리는 게 있었다. 가끔 내가 코를 곤다며 남편에게 한 소리 듣곤 했는데, 아마 내가 밤새 코를 골았던 게 아닌가 싶었다. 몸도 너무 피곤한 데다가 수술 부위 때문에 똑바로 누워 자야 하니, 코 고는 소리가 컸을 것 같았다. 그렇다고 아픈 몸을 돌려 옆으로 누울 수도 없고, 얼굴도 보지 못한 그녀에게 미안할 뿐이었다.

퇴원일도 금방 다가왔다. 수술 후 두 밤 자고 퇴원하란다. 우리 보험이 허락하는 한도 내에만 있을 수 있기에 얄짤없다. 어차피 미국식 병원 밥은 입에 맞지 않으니 친정어머니의 미역국과 맛난 반찬을 실컷 먹고 마음 편히 누울 수 있는 집이 더 편할 것 같았다.

병원에서 지내는 동안 아이의 출생 신고를 마칠 수 있었던 점은 참 편리했다. 미리 아기 이름을 정해 놓았기에 망정이지 그렇지 않았다면 바로 서류 작성을 못할 뻔했다. 그래도 다행히 타이밍을 놓치지 않고 신청할 수 있어서 다행이었다.

아기를 카시트에 잘 태우고 병원을 나서는데, 그동안 긴장되었던 마음이 탁 놓였다. 비록 소원했던 자연 분만은 이루지 못했지만, 아이를 무사히 출산하고 건강하게 퇴원하는 것만으로 얼마나 감사한 일인지. 산후조리를 도와주러 오신 친정어머니의 따스한 보살핌 속에서 한 달간은 편히 집밥을 먹으며 몸을 회복할 수 있었다.

외출하기에는 아직 아기가 어리지만, 어머니를 이대로 보내 드리기는 너무 아쉬워 갓난쟁이를 안고 맨해튼으로 가서 크루즈를 타는 등 뉴욕

구경을 시켜 드렸다. 덕분에 어머니는 뉴욕의 상징인 자유의 여신상 앞에서 인증 샷을 담아 한국으로 돌아갈 수 있었다.

그러고 보니 둘째 덕에 가족 모두 맨해튼 바람을 쐴 수 있었다. 그래, 뉴욕에 대한 너의 자부심, 인정하마!

출산 전에 의료비 미리 알아보기

출산 후에 마취과 의사에게서 상당한 금액의 청구서가 날아왔다. 당연히 보험에서 다 충당되는 줄 알았기에 전혀 예상하지 못했던 부분이다. 알고 보니 우리 보험과 같은 네트워크(In network)가 아니라, 다른 네트워크(Out of network)여서 발생한 금액이었다. 하지만 우리는 미리 통보받은 게 없기에 억울한 부분이 있었다. 가만히 있을 수 없어서 사정을 이야기해 보니, 다행히 협상의 여지가 있었다. 그쪽에서 요구하는 통장 잔고 등의 서류를 보낸 뒤 금액을 조정받아서 낼 수 있었다.

가장 좋은 방법은 출산 비용이 보험으로 충당되는지 먼저 알아보는 것이다. 보험 회사에 전화해 보고, 병원 측에도 문의하여 발생할 비용에 대해 미리 알아 두는 것이 좋다. 만일 추가로 발생한 금액이 커서 형편상 내기 어렵다면, 병원 측에 조정해 달라고 얘기해 보거나 분할 납부 등을 요청할 수도 있다.

큰아이, 초등학교에 입학하다

2010년 가을, 우리 집에 새 식구가 찾아옴과 동시에 큰아이는 다섯 살이 되어서 공립학교 킨더가든에 입학하게 되었다. 모두에게 좋은 타이밍이었다. 갓난쟁이가 있으면 어디 가기도 힘들고 집에만 있으려니 큰아이가 답답했을 텐데, 마침 학교를 다니게 되어 다행이라 생각했다. 아직 산후조리 중인 나에게도 적절한 도움이 되고 말이다.

만 네댓 살 연령대가 다니는 공립학교 유치원 과정은 '킨더가든(Kindergarten)', 줄여서 '킨더(약자로 K)'라고 한다. 킨더 전 과정을 '프리킨더가든(Pre-kindergarten)', 줄여서 '프리케이(Pre-K)'라고 부르는데, 큰아이는 한국 유아원에서 프리케이 과정을 이수했다. 그동안 내가 일을 하고 출산을 겪느라 큰애는 따로 공부를 봐 주지 못하고 유아원에 믿고 맡겼더랬다.

큰아이가 유아원을 졸업할 때 선생님이 "예진이는 글 읽을 수 있어요"라고 하기에 위안이 됐지만, 한국 유아원 출신인 우리 아이가 미국 공립학교에 입학해서 영어를 잘 알아들을 수 있을까 은근히 걱정도 됐다.

입학 안내와 함께 우리 아이가 들어갈 반 이름이 이메일로 날아왔다. K-100반. 킨더 세 반 중 제일 앞 번호 반이었다. 이 반은 약간의 학습 장애나 신체장애가 있는 아이들이 섞여 있어서 선생님의 도움이 더 필요하기 때문에 담임교사 두 명, 보조 교사 두 명이 배정된다. 선생님들이 네 명이나 되니 더 잘 봐줄 것 같아서 오히려 잘됐다는 생각도 들었다. 일반 학급은 담임 한 명에 학생 수에 따라 보조 교사가 추가된다.

아이가 학교에 들어가면서 아침이 바빠졌다. 걸어서 5분 거리인데도, 시간은 왜 이리도 간당간당한 건지. 학교 운동장으로 각 반마다 줄 서는 자리에 아이를 데려다주면, 곧이어 선생님이 아이들을 데리고 학교 안으로 들어간다. 그럴 때면 왠지 마음이 짠해져서 아이의 뒷모습을 하염없이 바라보게 된다.

늘 내 곁에 있는 갓난아이를 보면서 집안일 좀 하노라면, 어느덧 큰아이 하교 시간이 돌아온다. 서둘러 아이를 포대기에 둘러업고 학교로 가면, 교실 문으로 아이들이 줄지어서 나온다. 그러면 선생님이 보호자를 일일이 확인하고 사인을 받은 뒤 해당 아이를 호명하여 보내 준다. 이때 보호자가 시간에 맞춰 오지 않으면 아이는 다시 학교 안으로 들어가서 기다려야 하기에, 되도록 늦지 않으려고 애썼다.

엄마의 이런저런 걱정들

처음엔 별말이 없던 큰아이의 선생님이 어느 날 내게 말을 건넸다.

"아이 목소리를 듣기가 너무 힘들어요."

수줍어도 너무 수줍어 하는 아이. 한 학년에 두 번씩 선생님과 면담하는 시간이 있는데, 그때마다 듣게 되는 말이었다. 이때부터 나의 고민이 시작되었다. 자기 의견은 잘 표현해야 미덕인 미국 사회에서 이렇게 자기 할 말도 못하면 어떡하나…. 웅변학원이 도움이 된다면 거기라도 보내고 싶은데, 그런 학원은 찾아볼 수 없었다. 아이를 어떻게 도와줘야 할지 고민이었다.

사실 그건 아이를 탓할 문제가 아니었다. 어릴 적에 너무 수줍어서 다른 사람이 옆에 있으면 혹여 내 목소리가 들릴까 봐 엄마 귀에만 소곤소곤 속삭이던 아이, 학교에서 내 할 말도 속 시원히 잘 못하고, 반이 바뀌면 친구 사귀기 힘들다고 눈물 터뜨리던 학생이 바로 나였다.

그러던 나도 학년이 올라가면서 조금씩 나아졌고, 초등학교 6학년 때는 반장도 해 보고, 심지어 전교회장 선거에 출마하여 날 뽑아 달라는 연설도 했다. 가히 장족의 발전이었다. 천성적으로 소심하고 내성적인 성격이었지만, 그래도 이렇게 가정을 꾸리고 낯선 나라로 이민을 와 용케 살아가고 있지 않은가.

남편은 내 어릴 적 얘기를 듣고는 옆에서 한마디 거들었다.

"거 봐, 엄마 닮아서 그렇지!"

그러고는 자기와는 딱 선을 그었다. 그래, 학교에서 인기 많았다던 (믿거나 말거나) 장난꾸러기 아빠를 닮았으면 이렇지는 않겠지. 엄마를 닮아서 수줍은 걸 어쩌겠는가. 그래도 엄마처럼 우리 아이도 점점 나아질 거라고 믿었다.

수줍음 많은 큰아이가 처음으로 반 아이들 앞에서 발표할 때가 다가왔으니, 바로 'Show & Tell'이라는 수업 시간이었다. 자신이 좋아하는 인형이나 장난감, 책 등을 가지고 가서 아이들에게 소개하는 시간인데, 우리 아이는 곰돌이 인형을 가져갔다.

과연 아이들 앞에서 입이나 뻥끗할 수 있을까 걱정이었는데, 본인에게 물어보니 말을 했다고 한다. 얼마나 크게, 몇 문장 정도 말했는지 잘은 모르겠지만 말이다. 그래도 엄마는 믿는다. 우리 딸이 발표했다는 것을!

ESL 수업, 받아야 할까?

큰아이가 공립학교에 입학하게 되면서 ESL(English as a Second Language) 수업에 관심을 갖게 되었다. 영어가 제1언어가 아닌 이민자 가정의 아이들이 학교에 들어가면 영어 시험을 치르는데, 통과하지 못하면 별도로 ESL 수업을 들어야 한다.

많은 한국 엄마들이 자신의 아이가 ESL 수업을 듣게 될까 봐 노심초사한다. 한번 이 수업을 듣게 되면 빠져나오기가 어렵다는 이야기가 있어서 더욱 겁을 먹는 것 같다. ESL 수업을 들었다는 꼬리표가 대학에 갈 때까지 계속 따라다니면 어쩌나, 수업 시간 도중에 아이를 따로 불러서 ESL을 듣게 하면 학교 공부를 놓친 건 어쩌나, 다른 아이들이 이상하게 보면 어쩌나 등등 걱정들이 많다.

반면에 아이에게 부족한 부분을 선생님이 더 자세히 잘 가르쳐 주니 더 좋지 않느냐며 상관하지 않는 엄마들도 있다. 실제로 어느 엄마는 아이가 어렸을 때 ESL 수업을 받고서 영어 실력에 도움이 되었다고 말한다.

어느 날, 아이 가방을 열어 보니 하얀 봉투가 들어 있었다. ESL 시험 결과가 적혀 있는 봉투였다. 아이는 어느새 시험을 치렀던 것이다. 결과는… PASS! 커트라인을 조금 넘겨서 합격했다. 선생님이 물어보는 질문에 입을 잘 열까 염려스러웠는데, 수줍음을 극복하고 잘 치러 낸 큰아이가 너무나 대견했다.

학교에 아이를 처음 보내면서 가장 신경 쓰였던 부분은, 사실 공부보다 친구였다. 나 역시 친구 사귀기가 힘들어 외로움을 겪어야 했던 학창 시절이 있었기에, 더욱 마음이 쓰였다. 같은 반에 한국 아이라도 있으면 엄마들끼리 친해져서 어떻게든 서로 인연을 맺어 줄 텐데, 이 반에는 한국 여자애들은 보이지 않았다.

그런데 얼마 지나서, 요 녀석이 미국인 친구를 사귀었다! 둘이 쉬는 시간에 같이 놀고, 점심도 같이 먹고, 그 애 생일잔치에도 초대받아서 갔다. 신기한 건, 그 아이 엄마도 나와 비슷한 시기에 둘째를 출산하여 두 아이 모두 언니가 되었다는 점이다. 우리 아이가 학교에서 외롭지 않을 거라 생각하니 안심이 되었고, 친구가 되어 준 그 아이에게도 고마웠다.

큰아이는 미국 학교에 적응해 갔다. 영어권 속으로 들어가는 일이 결코 녹록지 않을 테고, 더군다나 집에는 동생이 떡하니 엄마 품을 차지하여 때로는 마음이 힘들었을 텐데도 아이는 씩씩하게 잘 다녀 주었다. 그 무렵에 찍은 사진을 다시 꺼내 보노라면, 어찌 그리도 귀엽고 예쁜지…. 그렇게 애틋한 시간들이 흘러가고 있었다.

슬기로운 미국 생활 Tip

뉴욕 시 초등학교 입학을 앞두고 있다면

집 주소지에 따라 배정된 초등학교에 입학하는 것이 원칙이다. 'zoned school'이라고 하는데, 뉴욕 시 교육 웹사이트에 들어가서 자신의 주소를 입력하면 배정된 학교를 찾을 수 있다. 학교 사무실을 찾아가 등록하고 싶다고 말하면 필요한 서류들에 대해 자세히 안내해 준다.

아이가 언어, 수학 등 학습이 빠른 편이라고 여겨진다면 G&T(Gifted & Talanted) 프로그램에 지원할 수 있다. 뉴욕 시 교육청에서 주관하는 G&T 테스트를 신청한 뒤, 시험 결과에 따라 G&T 반을 운영하고 있는 학교에 지원하면 된다.

학교에 따라 특색 있는 프로그램을 운영하는 곳이 있는데, 플러싱 소재 P.S. 32Q 학교에는 한국어, 영어 이중언어반이 있다. 학년마다 한 학급이 배정되어 있으며, 유치원부터 6학년까지 같은 반으로 유지된다. 해당 주소권 아이들에게 우선 신청권이 있으며, 다른 주소지에서도 신청이 가능하다. 신청자가 몰릴 경우에는 대기 목록에 이름이 올라가고, 자리가 나면 연락을 해 준다. 미국 공립학교에서 한국어를 잘 배울 수 있는 좋은 기회이기도 하다.

이 시기에 이런 고민을 할 수 있다.

'아이 한국 이름, 영어로 바꿔야 할까?'

아이가 영어로 발음하기 어려운 한국식 이름을 가졌다면 한 번쯤 고민하는 부분이다. 한국에서 온 학생들은 학교에서는 부르기 쉬운 영어 이름을 따로 사용하는 경우가 많다. 부르기 쉽다는 장점이 있는 반면에 단점도 있다. 학교에서 불리는 이름과 서류상의 이름이 달라서 선생님들도 때로 혼동을 겪을 수 있기 때문이다. 자칫 졸업 앨범에 여기는 한국 이름, 저기는 영어 이름 등 서로 다르게 표기되는 일도 벌어진다.

어느 학생은 대학 추천서를 받을 때 선생님이 학교에서만 통용되던 영어 이름으로 적어 주어서 다시 원래 한국 이름으로 수정하느라 어려움을 겪었다고 한다.
그렇기 때문에 학교에서 한국 이름을 그대로 사용하는 것도 괜찮다. 여배우 김윤진도 일곱 살에 이민을 왔지만 한국 이름을 그대로 유지하면서 미국에서 활발히 활동하고 있지 않은가. 큰아이의 이름을 제대로 발음하는 선생님이 드물긴 하지만, 우리 아이는 꿋꿋하게 한국 이름으로 불리며 학교를 잘 다니고 있다. 물론 발음 등의 여러 요인을 고려하여 부모가 신중히 결정할 필요도 있다.

미국 학교 속의 한국

아이의 학교를 선택할 때, 학부모들이 관심 있게 보는 항목 중 하나가 학생들 인종 비율이다. 백인이 많은 학교를 선호하기도 하고, 같은 아시아인 비중이 높은 학교나 각 인종이 고르게 섞여 있는 학교가 더 좋다고 여기기도 한다. 한국 학부모라면 학교에 한국인이 얼마나 있는지 관심을 가질 수밖에 없다.

한국인 학생 비율은 어느 정도가 적당할까?

아이를 학교에 보내기 전, 나는 어느 학교가 적당할지 조언을 듣기 위해 이민 경력이 오래된 분들에게 물어본 적이 있다. 어느 분은 아이의 교육을 위해서 백인 동네의 좋은 학군으로 이사를 갔는데, 부의 격차가 너무 나서 아이들끼리 위화감도 들고 은근히 차별도 있어서 아이가 많이 힘들어 했다고 한다. 고등학교를 졸업한 뒤로 다시는 그 동네에 가지 않으려 한다면서, 학교에 한국 학생들이 어느 정도 있는 게 좋다고 권했다.

또 다른 가정은 한국인이 별로 없는 동네로 이사를 갔는데, 아이들이 어릴 적부터 미국 아이들과 잘 어울리며 자라서 그런지 커서도 미국 문화 속에서 쉽게 조화를 이룰 수 있었다고 했다. 그분은 계속 한국 아이들끼리만 있으면 미국에 살아도 한인들만의 좁은 울타리를 벗어나기 힘들다는 조언도 덧붙였다.

솔직히 나로서는 이래도 걱정, 저래도 걱정이었다. 한국 학생들이 많으면 서로 경쟁이 치열하지 않을까, 사교육을 많이 시키는 분위기는 아닐까, 미국 애들과 섞이지 못하고 끼리끼리만 노는 게 아닐까 염려되었다. 그렇다고 학교에 한국 학생이 너무 없으면 인종 차별을 당하지 않을까, 아이가 주눅이 들지 않을까 하는 걱정이 들었다. 사실 아이마다 경우에 따라서 다 다를 텐데, 정답이 있으랴. 속으로 바라기는, 학교에 한국 학생이 아예 없지도 너무 많지도 않고 딱 적당했으면 좋겠다 싶었다.

그런데 우리가 이사를 하면서 더 이상의 걱정은 끝! 집 주소에 따라 아이가 갈 학교가 바로 정해져 버렸다. 동양인이 많이 사는 곳으로 이사를 했기에, 학교에도 한국 학생이 제법 많을 거라 예상했다. 학교 비율을 살펴봐도 아시아인 비율이 가장 높았다.

'그래, 아이에게 한국 친구가 있으면 더 빨리 적응할 수도 있고, 나 또한 한국 엄마들이 있어서 외롭지 않겠지.'

우리에게 주어진 현실을 긍정적으로 받아들이려 했다. 그런데 이게 웬걸, 학교에 들어가고 보니 같은 반에 한국 아이라고는 우리 아이가 유일한 게 아닌가. 한국 학생이 너무 없는 것도 실망스러웠다. 인근의 다른 학교는 절반 이상이 한국 학생인 반도 있다는데, 한국 아이들은 다 그 학교로 갔나 보다.

그래도 다른 반에 한국 여자애들이 몇 명 있다는 걸 알고는 다소 안심이 되었다. 하교 시간에 아이를 기다리면서 기회를 봐서 한국 부모와 인사하며 안면을 텄다. 그러고 나니 아이들도 자연스레 어울릴 기회가 생겼다.

비록 반은 달랐지만, 아이들은 방과 후에 같이 모여 숙제하고 놀면서 서로 친구가 되었다. 나 또한 마음 맞는 학교 엄마들을 만나서 서로에게 소중한 친구가 되었으니, 한국 사람이 없는 학교에 갔으면 외로워서 어쩔 뻔했나 싶었다.

우리 아이 학년에는 한국 애들이 적은 편이었지만, 학년 전체를 통틀어 동양인 중에서는 중국인 다음으로 한국인이 많은 비중을 차지했다. 학교에서는 한인 가정을 위해 가정통신문이나 성적표도 한국어로 제공해 주었고, 선생님과 만나는 면담 시간에도 영어가 자신 없으면 한국어 통역을 제공해 주었다. 나도 처음 면담을 할 때는 통역을 신청했는데, 오히려 통역 시간 맞추기가 번거로워서 이후부터는 나 혼자 선생님을 만나고 돌아왔다. 주로 선생님 이야기를 쭉 듣다가 몇 마디 물어보고 오면 되기에 큰 어려움은 없었다. 그리고 면담을 무사히 마치고 돌아오면, 나 혼자 영어로 해냈다는 성취감에 속으로 뿌듯해 하기도 했다.

구정에 민속 공연을 하는 미국 학교

특히 우리 아이가 다니는 학교에서는 '루나 뉴 이어(Lunar New Year)'

라 불리는 구정이 돌아올 때면, 한국과 중국인 학생 합동 공연이 펼쳐졌다. 매번 한인 TV 뉴스에서 촬영을 할 정도로 나름 평판 있고 특색 있는 잔치다.

각 학년별로 한국과 중국의 전통춤이나 무술 등을 선보이는데, 이를 위해 몇 달 전부터 연습을 한다. 자원하는 학부모들이 아이들을 가르치고, 학년별로 원하는 아이들이 참여하는데 다른 인종 아이들도 희망하면 참여할 수 있다.

우리 큰애도 유치원부터 5학년까지 매년 공연에 참여했기 때문에, 나도 자원봉사로 참여했다. 둘째를 데리고 다니느라 쉽지 않았지만 말이다. 정작 나 자신은 춤에 영 소질이 없는 엄마였지만, 같은 학년에 전통춤을 전공한 엄마가 있어서 그 엄마를 주축으로 함께 아이들을 가르쳤다.

자원봉사 명찰을 달고 학교 안으로 들어가 아이들을 지도할 수 있다는 건 기분 좋은 특권이기도 했다. 덕분에 아이들은 동요, 신랑각시 춤, 탈춤, 선녀춤, 부채춤, 태권도 등 다양한 춤과 무술을 배우며 한국 문화를 접할 수 있었다.

공연 날 아침은 눈코 뜰 새 없이 바빴다. 아침 7시까지 등교해서 아이들에게 전통 의상을 입히고, 머리를 예쁘게 단장시켜서 리허설을 했다. 엄마들도 집에 고이 모셔 놓았던 한복을 곱게 차려입었다.

한국과 중국 PTA(학부모회) 엄마들이 선물한 한복과 중국 전통 의상을 각각 차려입은 교장과 교감이 인사말을 하면서 공연이 시작되었다. 유치원생 한국 아이들이 율동과 함께 귀엽게 동요를 부르며 오프닝 공연을 하고, 그 후 서로 주고받으며 한국과 중국의 공연이 이어지다가 중국의

사자춤으로 대미를 장식했다.

강당에 전 학년을 수용하기 힘든 관계로 공연은 두 차례 이루어졌다. 정작 참여한 아이들은 앉을 자리가 없어서 복도에 앉아서 보거나 카페테리아 등 대기실에서 자신의 차례를 기다렸다. 아침 일찍부터 준비하느라 고생스러울 법도 한데, 어쨌든 공부는 안 하니까 즐거운가 보다.

모든 순서가 끝나면 수고한 학부모들에게 꽃다발을 전해 주는데, 내 이름이 불려 앞으로 나갈 때면 왠지 어깨가 으쓱해졌다. 자기 엄마를 바라보는 아이들의 마음도 마찬가지였으리라. 공연이 다 끝나고 아이들이 각자 반으로 돌아가면, 엄마들은 학교에서 준비해 준 만찬의 시간을 가졌다. 드디어 끝났다는 해방감을 누리면서 다른 엄마들과 어울려 식사하노라면 그간 쌓였던 피로감이 풀어지는 듯했다.

매년 이 행사를 위해 많은 수고가 따르지만, 한국 학부모로서 미국 학교 행사에 주체적으로 참여하고, 한국 문화를 선보일 수 있다는 게 자랑스러웠다. 아이들 또한 반 친구들 앞에서 그동안 갈고닦은 춤과 무술 등을 선보이면서 한국인으로서의 자부심을 느꼈으리라.

한국 사람이 너무 많지도, 적지도 않기를 원했던 나의 소원대로, 우리는 정말로 그러한 학교를 만났다. 미국 땅에서 소수 민족이라고 주눅이 들 필요도 없었고, 한국인끼리 함께 힘을 모아 학교 행사를 주관하며 우리 목소리를 낼 수 있어서 좋았다. 아이들이 미국 학교를 다니면서 한국을 체험할 수 있다는 것도 커다란 특권이었다. 우리 아이들이 곱게 한복을 차려입고 아름다운 자태를 뽐내던 공연 사진을 바라보며, 감사함으로 그때를 추억한다.

학교를 선정할 때 참고하기

학교 레벨 참고 웹사이트로 '그레잇스쿨(www.greatschools.org)'을 꼽을 수 있다. 여기에 접속해서 지역에 따른 학교를 검색하면 학교 점수를 바로 확인할 수 있다. 10점 만점을 기준으로 학교의 평점과 시험 성적 등을 볼 수 있으며, 교사 1인당 학생 수, 인종 비율, 부모들의 리뷰 등을 살펴볼 수 있다. 아이의 학교를 선택할 때 좋은 참고가 된다.

뉴욕 시 초등학교를 졸업하며

미국 이민을 결심하게 된 이유 중에 아이들 교육도 큰 몫을 차지했다. 한국의 주입식 교육, 입시 스트레스에서 벗어나 보다 창의적이고 자유로운 교육 환경에서 키우고 싶었다. 그리고 아이들이 어릴 때는 공부 걱정 없이 마음껏 뛰어놀게 해야 한다고 생각했다. 과연 우리는 기대했던 것처럼 이상적인 교육환경을 만날 수 있을까?

우리가 경험한 미국의 초등 교육

초등학교에 아이를 보내면서 미국 교육은 어떠할지, 절로 궁금한 마음이 들었다. 아이가 가져오는 과제를 보니, 가르치는 방식은 확실히 달라 보였다.

특히 수학에서 많은 차이를 보였다. '1+1=2'라는 덧셈도 단순하지가 않았다. 왜 그 답이 나오게 되는지를 추론하고, 여러 다른 사례들도 함께 보여 주었다. 곱셈도 마찬가지였다. 그냥 달달 외우면 좋을 텐데, 설명까지 해야 하니 복잡하게 여겨지기도 했다. 원리를 먼저 이해해야 하는 방식인 셈이다.

영어는 읽고 쓰고, 듣고 말하는 영역으로 나뉘어서 성적이 매겨지는데, 다양한 주제로 글을 쓰도록 장려하고 독서를 권장하는 방식이 좋아 보였다. 일주일에 한 번씩, 아이가 책 몇 권이 담긴 지퍼백(이름하여 'Book Bag')을 집으로 가져온다. 그 안에 든 책을 읽고 줄거리나 소감문, 혹은 다양한 질문에 따른 답 등을 쓰는 게 매일의 숙제였다. 학교에서는 정기적으로 아이들 독서 레벨을 테스트하는데, 유치원 때는 가장 기초인 A부터 시작하여 학년이 올라갈수록 알파벳 또한 점점 높아진다.

학년마다 두 차례씩 선생님과 면담하는 시간이 있다. 그때 선생님을 만나면, 공부는 별문제 없이 잘하고 있는데 너무 조용하다는 말을 듣곤 했다. 성적표에도 스피킹 영역이 제일 낮게 나왔다. 한국에는 말하기 영역 점수가 따로 없을 텐데, 여기는 하나의 평가 항목이 되니 다소 억울하기도 했다. 하지만 어쩌랴, 자신의 의견을 자신감 있게 말하는 것을 중요시 여기는 미국 사회에서 우리 아이 또한 자신의 부족한 부분을 채우기 위해 노력해야 하는 것을….

그렇다 해도 아이의 타고난 성격이 있는지라 결코 쉽지는 않았다. 어느 선생님은 이러다 중학교에 가면 더욱 힘들어진다며 심각하게 경고하는 바람에 마음이 무거워지기도 했고, 또 다른 선생님은 자신도 어려서 내성적이었다며 괜찮다고 말해 주어 위안을 받기도 했다. 말하기에 관해서는 학습으로 도와줄 수 있는 부분이 아니기 때문에 그저 아이를 격려하는 것이 남편과 내가 할 수 있는 전부였다.

"괜찮아, 엄마도 어릴 적에 말 잘 못하고 그랬어."

그래서 우리 아이는 공부에 대한 스트레스를 별로 받지 않았고, 숙제를 마치면 친구들과 신나게 놀면서 초등학교를 다녔다. 그러다가 3학년부터는 뉴욕 주립 테스트(New York State Testing Program)를 매년 치르는데, 이때부터 공부에 부담이 오기 시작한다. 다른 아이들과 비교하여 우리 아이의 수준이 어떠한지 한눈에 알 수 있는 점수와 그래프가 적혀 있는 성적표가 배달되기 때문이다.

사실 3학년부터 4학년까지는 성적표를 받아도 별 감흥이 없을 수 있다. 성적이 낮다고 달라지는 건 없기 때문이다. 학교로서는 평균 점수에 따라 학교가 받는 점수도 달라지기에 신경을 쓰지만 말이다. 그러다 5학년이 되면서는 그 체감도가 달라진다. 왜냐하면 이 성적이 중학교 반 편성에 영향을 미치기 때문이다. 시험이 어떠한 영향력을 발휘하게 되면 자연히 부담으로 다가오게 된다.

중학교부터 판이 달라진다

우리 아이가 들어갈 중학교는 성적에 따라 반이 달라졌다. 즉 성적에 따라 영재 학급(Gifted & Talented)과 우수 학급, 일반 학급, 그리고 하위 학급으로 나뉘었다. 성적이 우수하여 잘하는 반에 배정받았다고 안심할 일은 아니다. 성적이 떨어지면 언제든지 다시 내려올 수 있고, 일반 학급에 속해도 평균 성적이 올라가면 우수 학급으로 올라갈 수 있다.

뉴욕 시 공립 중학교는 6학년에서 8학년까지 3년을 다니게 되는데, 고등학교를 준비하는 과정이기도 하다. 뉴욕 시에는 과학, 예술, 인문 등 분야별로 평판이 좋은 특수 목적 고등학교(특목고)들이 있는데, 입학시험 성적 등을 심사하여 선발한다. 한편, 뉴욕 시 일반 고등학교들도 성적 우수 학급을 따로 운영하기 때문에 장거리 통학을 감수해야 하는 특목고 대신에 가까운 지역 공립학교를 선호하기도 한다. 학생들은 아이비리그 합격률이 높은 특목고에 들어가기 위해 중학교 때부터 고등학교 입시를 준비하게 된다. 그래서 각종 학원과 개인 과외가 성행하고 있었다.

그런 이야기를 듣고 있으면 가슴이 답답해졌다. 한국의 대학 입시 스트레스를 주고 싶지 않았는데, 이곳에서는 중학교부터 입시 열풍을 겪어야 하다니….

'우리 아이가 그런 경쟁적인 환경에서 잘 견뎌낼 수 있을까? 만일 잘해서 특목고에 가더라도 공부 잘하는 학생들만 모인 곳에서 더 치이는 건 아닐까?'

갑자기 우리 아이들이 염려되었다.

고등학교 입시를 원하지 않는 부모들은 중학교 입학을 전후로 롱아일랜드 등 다른 지역으로 이사 가는 방법을 선택한다. 경쟁력 있는 공립 고등학교에서 잘 배울 수 있다면, 굳이 특목고를 가기 위해 애쓰지 않아도 되니 말이다.

우리도 큰아이의 중학교 입학을 앞두고 이사 가고 싶은 마음도 있었지만, 쉽게 결정할 문제는 아니었다. 우선 주어진 환경에서 최선을 다하는 수밖에. 중학교에서 우수반에 들기 위해서는 주립 시험 외에도 내신 성적과 출결 사항, 교사 추천 등이 고려된다. 솔직히 큰 기대는 하지 않았지만, 이왕이면 우리 아이도 좋은 반에 들어갔으면 하는 속마음은 어쩔 수 없었다.

마침내 중학교 반 배정이 담긴 편지가 배달되었다. 결과는 일반 학급 편성. 각 학교에서 우수한 학생들이 몰려들기에 그만큼 경쟁률이 치열했을 것이다. 우리 학교에서도 소수의 인원이 우수 학급으로 배정되었다고 한다. 예상은 했지만, 부모로서 실망감을 느끼는 건 어쩔 수 없었다.

아이와 함께 중학교 오리엔테이션을 다녀오는 길에, 아이가 내 아쉬움을 눈치챘는지 먼저 말을 꺼냈다.

"엄마, 잘하는 반에 들어가지 않아도 우리는 다 잘하는 게 있잖아요? 거기 안 들어가도 난 괜찮아요."

갑자기 뒤통수를 한 대 맞은 듯한 기분이 들면서 나도 모르게 부끄러워졌다. 아이의 지적이 옳았다. 내가 말로는 괜찮다 했지만 속으로는 평가에 연연하느라 더 중요한 걸 잊고 있었던 거다. 아이들 각자가 자신만의 재능과 장점이 있고, 그 존재 자체만으로 너무 소중하고 특별하다는 것을 말이다.

첫째가 초등학교를 졸업하는 날. 특별한 상을 받지는 않았지만 빛나는 졸업장을 받았다. 선생님들과 한 명씩 악수하며 내려오는 아이를 보며 감회가 새로웠다. 미국 초등학교에 처음으로 아이를 보내면서 이런저런 걱정도 많았는데, 좋은 교육 환경 속에서 지난 6년간 학교생활을 잘 마칠 수 있었음에 참 감사했다. 앞으로 보다 많은 도전이 주어질 테지만, 그만큼 더 단단하게 성장해 나가리라 기대해 본다.

우리 딸, 엄마가 항상 응원할게!

슬기로운 미국 생활 Tip

뉴욕 시 인기 특목고에 관해

뉴욕 시에 거주하는 학생들은 중학교 때 치르는 SHSAT(입학 시험)로 특목고에 지원할 수 있는데, 내신 성적이나 교사 추천 등의 자격 제한이 없다. 순수하게 시험 성적에 따라 합격이 좌우되기에 경쟁률이 치열하다.

특목고에 진학하게 되면 우수한 교사진의 지도 아래 실력 있는 학생들과 경쟁하기 때문에 명문대 진학률이 높다는 장점이 있다. 뉴욕 시 공립 특목고로는 맨해튼 스타이브슨트 고교, 브롱스 사이언스, 브루클린 텍 등 여덟 개 고교가 있으며, 별도의 선발 기준에 따라 선발하는 라과디아 예술고교가 있다.

한편 특목고 신입생 중 아시아 학생이 절반 이상을 차지하는 현상이 계속되자, 선발 기준에 문제가 있다며 SHSAT 시험을 폐지해야 한다는 목소리가 높아지고 있다. 내신 성적을 반영하는 비율을 높여서 인종의 다양성을 확보하자는 것인데, 상대적으로 성적이 우수한 저소득층 아시아계 학생들에 대한 역차별로 이어질 수 있다며 반론도 거세다. 학교마다 교육 편차가 심하므로 내신만으로는 변별력이 떨어진다며 특목고들도 시험 유지를 찬성하는 입장이다.

슬기로운 미국 생활 Tip

뉴욕의 풍성한 교육 혜택

뉴욕 시는 맨해튼, 퀸즈, 스태튼 아일랜드, 브루클린, 브롱스 등 다섯 개의 버러(borough)로 이루어지며, 이곳의 공립학교들 모두가 뉴욕 시에 속한다. 2014년 9월부터 'PreK for All' 프로그램을 시작했는데, 4세 아동들에게 종일반 무상 교육을 실시하고 있다. 또한 연령층을 확대하여 3세 어린이들도 무상 교육 혜택을 받도록 목표를 세우고 단계적으로 시행해 나가고 있다. 교육 혜택에서는 단연히 앞서가는 뉴욕 시다.

한편 뉴욕 주는 2017년 미국 최초로 주립 대학과 시립 대학 등록금 면제 방안을 발표했다. 일정 소득 이하 중하위층 가정이 해당되며, 풀타임 학생일 경우 신청 가능하다. 본인의 학업 프로그램을 매년 30학점 완료해야 하고, 2년 혹은 4년 등으로 예정된 기간 내에 졸업해야 하며, 장학금 수혜 기간에 뉴욕 주에 거주해야 하는 조건이 따른다.

미국 의료비의 쓴맛을 보다

미국 의료비가 한국보다 비싸다는 얘기는 익히 들어 봤을 것이다. 응급실에 실려 가서 입원이라도 하면 수만 달러가 우습게 나가는 것이 미국의 의료 현실이다. 그렇기 때문에 의료보험은 필수이지만, 보험에 가입해도 보험료가 만만치 않다. 저소득층이면 정부에서 보조해 주는 메디케어 등에 가입하여 무료 혜택을 받을 수 있지만, 자영업자들은 자비로 보험료를 충당하느라 부담이 크다. 직장인들은 각 회사의 규정에 따라 전액 혹은 일부를 보조받게 된다.

남편 회사에서도 일부만 보조해 주었기에, 나머지는 우리가 부담해야 했다. 급여에서 제법 많은 금액이 보험료로 빠져나가는 게 아깝기는 했으나, 그래도 보험이 있다는 사실에 마음은 든든했다. 병원을 방문할 때마다 15~30달러 정도의 추가 비용(co-pay)을 내면 병원비가 거의 충당되므로, 안심하고 병원을 이용할 수 있었다.

의료비 청구서에 헉!

잦은 두통 때문에 뇌 MRI 검사를 받으라는 권유를 들었을 때도 보험이 있으니 충당될 줄 알았다. 보험 회사에 전화를 걸어 확인해 보면 되었을 텐데, 전화 영어는 아무래도 자신이 없었다. 못 알아듣고 더듬더듬 말하느라 진땀 뺄 것을 생각하니 두통이 더 심해질 것만 같았다. 하는 수 없이 병원 직원에게 물어보니, 컴퓨터로 알아본 직원이 내 보험이면 다 해결될 거라 말해 주어서 따로 확인해 보지 않고 바로 예약을 잡았다.

방사선센터에 MRI 검사를 받으러 갈 때도 비용에 대해 다른 이야기를 듣지는 못했다. 검사 결과 아무 이상이 없어서 다행이다 싶었는데, 얼마 지나지 않아 청구서가 날아왔다. 총 검사 비용이 2,600달러인데, 보험에서 1,200달러를 지불해 주어서 나머지 1,400여 달러를 내라는 내용이었다. 뒤통수를 한 대 맞은 기분이었다. 그제야 보험 회사에 전화를 해 보니, 그만큼 내는 게 맞다는 대답이 돌아왔다.

당시 빠듯한 형편에 그 돈을 다 내기도 부담스럽고, 또 억울한 면도 있었기에 협상을 해 보자는 생각이 들었다. 예전에 둘째를 출산할 때 마취과 의사로부터 금액을 조정받았던 경험도 있으니, 이번에도 가능하지 않을까 싶었다. 그래서 방사선센터에 전화를 해서 조정받을 수 있겠느냐고 물어보니, 지금 다 내기 힘들면 할부로 내라는 대답만 들었다.

내가 기대했던 대답은 이게 아닌데…. MRI 한 번 찍고 보험 회사에서 돈을 받았으면 됐지, 환자에게 더 많은 돈을 요구하다니. 미국의 비싼 의료비를 알면서도 왠지 괘씸하게 느껴졌다. 그래도 삼세 번은 시도해 봐야지 싶어서, 이번엔 편지에 사정을 적어서 보냈다. 의료비는 중재를 잘 해 준다는 주변 사람들의 말을 참고삼아 좀 더 기다려 보기로 했다.

컬렉션 에이전시와의 협상

어느 날, 낯선 번호로 걸려 온 전화를 받아 보니 돈을 갚으라는 내용이었다. 알고 보니 내 의료비 청구서가 컬렉션 에이전시(Collection Agency, 채권 회수 대행업체)로 넘어가서 빚 독촉을 받게 된 거였다. 컬렉션으로 넘어가면 신용이 나빠진다고 들어서 가슴이 덜컹 내려앉았다. 그 전에 해결을 보았어야 했는데, 이리 되고 보니 너무 속상했다. 이제는 얼른 대책을 강구하는 수밖에….

그때부터 인터넷에서 컬렉션 관련 정보를 찾기 시작했다. 경험자들의 조언을 읽어 보니, 그곳과 협상을 잘해서 금액을 절반 정도로 깎은 후 한꺼번에 갚아 버리는 게 최선이라고 했다. 전화 영어 한 통 피하려다가 이제는 전화로 협상까지 해내야 하는 처지가 되어 버리다니, 한숨이 절로 나왔다.

이리하여 용기를 내어 협상을 시도했다. 대충 할 말을 노트에 적어 놓고는 떨리는 마음으로 컬렉션 쪽에 전화를 걸었다. 돈을 지불하고 싶어도 형편이 어려워서 돈을 다 낼 수가 없으니 깎아 달라고 했다. 그랬더니 상대방이 인심 쓰듯 100달러 정도 깎아 주겠다며 더 이상은 안 된다고 했다. 그의 제안에, 형편상 나는 그 돈을 내기 어렵다고 하면서 대화를 끝냈다.

그런 식으로 일주일 이상의 간격을 두고서 전화를 다시 걸어 또 협상을 했다. 짧은 영어로 협상까지 하려니 힘들기도 했고, 계속 사정을 해야 하는 입장이니 자존심이 많이 상하고 부끄럽기도 했다. 이런 상황 자체가 스트레스여서 빨리 끝내 버리고 싶었지만, 조금만 더 낮출 수 있을까 싶어서 꾹 참고 다시 전화를 걸었다.

이렇게 여러 번에 걸쳐 협상을 한 끝에 1,400여 달러가 마침내 800달러까지 내려갔다. 상대방이 더 이상은 안 된다며 짜증 섞인 어투로 단호하게 나오길래, 나도 더는 말하지 못했다.

마무리 또한 잘해야 했다. 그렇지 않으면 면제받은 나머지 금액에 대해 또 청구서가 날아오거나, 아직도 빚을 안 갚은 것처럼 신용평가 기관에 보고할 수도 있다는 경고를 읽은 적이 있기 때문이다. 그래서 인터넷을 참고하여 최종 동의서 양식을 만들어서 그쪽에 보냈다. 이로써 모든 돈을 다 갚았다는 내용 증명과 같은 편지였다. 신용평가 기관에 내가 빚을 다 갚았다고 보고해 달라는 요구도 포함해서 말이다.

그랬더니 슈퍼바이저가 내게 직접 메일을 보내왔다. 자기네 양식으로 만든 동의서(Agreement Letter)를 보내 주면서 날짜 기한까지 돈을 갚으면 700달러로 해 주겠다는 게 아닌가. 내가 최종적으로 내겠다고 하자 100달러를 더 깎아 주다니, 이런 고마울 때가! 결국 내 목표액에 도달하여 면제받은 셈이었다.

마지막 마무리를 위해 그녀와 몇 번은 더 메일을 주고받았다. 내 정보를 남기지 않기 위해 신용카드나 은행 수표가 아닌, 우체국 머니 오더로 깔끔하게 돈을 지불했다. 영수증까지 잘 챙기고 나서 이제야 모든 빚을 청산했다는 생각에 후련했다. 석 달에 걸쳐 이루어진 일이다. 그사이 받았던 마음고생을 생각하면 이렇게까지 해야 하나 싶었지만, 700달러를 아꼈다는 게 어디인가. 그리고 이번 일을 해결하기 위해 인터넷 검색, 기사 찾아 읽기, 전화 영어, 이메일 쓰기 등 많은 노력과 시간이 투자되었으니, 영어 공부 한번 잘한 셈 치자 했다. 나 혼자서 해결을 봤다는 것에 뿌듯해 하면서.

이번 일로 깨달은 게 있다. 병원에서 검사할 일이 있으면 보험 회사에 먼저 전화해서 환자 부담액을 확인해 볼 것. 돌다리도 두드려 보고 건너야 할 일을 영어 못한다고 회피하지 말 것. 비싼 레슨을 받은 셈이었다.

슬기로운 미국 생활 Tip

신용 점수를 잘 관리하자

미국에서는 개인 신용(credit)을 중요시한다. 신용 점수가 없거나 낮으면 핸드폰 할부 계약도 어렵고, 집을 얻기도 힘들다. 신용 점수에 따라 자동차나 모기지 대출 이자율이 달라지는 것은 물론이다.

신용을 잘 관리하려면 납부해야 할 각종 요금이나 대금이 연체되지 않도록 주의해야 한다. 혹시 잊어버리고 내지 않은 청구서가 있다면 신용은 어느새 내려가고 있을 것이다. 도서관에서 책을 빌리고 반납하지 않으면 그사이에 연체료가 쌓여서 신용 하락에 영향을 끼치는 경우도 발생한다. 나의 뼈아픈 경험처럼, 의료비의 경우 납부 기일이 지나 컬렉션 에이전시로 넘어가면 신용 점수가 떨어지므로 연체되지 않게 조심해야 한다. 연체 기록이나 컬렉션 에이전시에 관련된 좋지 않은 신용 기록은 7년이 지나야 자동으로 삭제된다.

미국에는 3대 신용 평가기관(Experian, Equifax, TransUnion)에서 개인의 신용을 평가하며, FICO에서 그 정보들을 통합 관리하여 점수를 매긴다. FICO 점수는 300~850점으로 이루어지며, 650점 이상이면 Fair 등급, 700점 이상이면 Good 등급으로 본다. 정기적으로 자신의 신용 점수를 체크하면서 신용을 도용당한 흔적은 없는지 확인하는 것이 좋다.

✱ www.annualcreditreport.com

1년에 한 번씩 무료로 자신의 신용 상태를 확인할 수 있다. 3대 회사의 신용 평가 내역을 볼 수 있으며, FICO 점수를 확인하려면 따로 비용을 지불해야 한다.

아이들과 함께 뉴욕 즐기기

뉴욕에 살면서 누리는 커다란 혜택이라면, 뭐니 뭐니 해도 세계적인 관광 도시 맨해튼의 매력에 언제든 풍덩 빠질 수 있다는 거다. 이 유명한 도심 속으로 트래픽을 뚫고 들어가기까지가 다소 복잡하게 느껴지지만, 일단 맨해튼 바람을 쐬고 나면 내가 뉴욕에 있다는 사실이 그렇게 뿌듯해질 수가 없다.

뉴욕에서 10여 년을 사는 동안, 우리 가족에게 행복을 안겨 주었던 맨해튼의 명소들이 있다. 우리 아이들이 또 가고 싶다고 노래하는 뉴욕의 베스트 장소들을 꼽아 보았다. (단, 센트럴파크는 앞서 다루었기에 여기서 제외했다.)

뮤지엄

메트로폴리탄 뮤지엄(Metropolitan Museum of Art)은 영국 대영 박물관, 파리 루브르 박물관과 더불어 세계 3대 미술관에 꼽히는, 뉴욕의 자부심이다. 웅장한 건물 자체가 가장 먼저 시선을 사로잡는다. 선사 시대부터 현대까지 5천 년에 걸쳐 수집된 전 세계 200만 점가량의 예술작품을 마음껏 관람할 수 있으니, 굳이 유럽의 다른 박물관을 찾아갈 필요성을 느끼지 못한다.

나는 주로 유럽 회화의 아름답고 서정적인 그림들에 눈이 가는데, 아이들은 아무래도 형상에 더 끌렸나 보다. 우뚝 서 있는 신전과 함께 각종 이집트 유물이 전시되어 있는 고대 이집트관과 중세 시대 기사들을 재현해 놓은 전시실을 좋아했다.

크리스마스 시즌에는 섬세한 조각품으로 장식된 커다란 트리가 기품있게 세워져 있어서 눈길을 끈다. 400여 점의 문화재가 전시된 한국관을 들르노라면 자부심이 불끈! 여러 미술작품들이 미니 사이즈로 재현되어 있는 선물 가게를 들리는 것은 아이들에게 빼놓을 수 없는 즐거움이다. (예전에는 기부제로 입장료를 대신하기 때문에 몇 달러만 내고도 들어갈 수 있었다. 하지만 2018년 3월부터 뉴욕 주 거주민을 제외한 관람객들에게는 권장 금액을 받는 것으로 바뀌었다. 12세 이하 아이들은 무료이다.)

모마(MOMA-The Museum of Modern Art)는 19세기 유명 화가부터 현대 미술 거장의 작품들을 다양하게 관람할 수 있는 현대 미술관이다. 우리가 사랑하는 작품인 빈센트 반 고흐의 「별이 빛나는 밤(The Starry Night)」 그림이 걸려 있어서 더 빛나는 곳이기도 하다. 규모는 메트로폴리탄보다 작지만, 알짜배기만 모아 놓은 느낌이어서 아이들과 둘러보기에 편하다. 고흐, 피카소, 루소, 샤갈, 달리, 모네, 클림트 등 교과서에서 익히 만났던 그림들이 상당수 전시되어 있어 그림에 문외한이라도 아는 척하느라 바빠진다.

때마다 몇몇 전시가 달라지기는 하지만, 흥미로운 그림들과 신기한 모형들의 조화는 아이들의 눈길을 끈다. 아름답게 장식된 1층 야외 조각 테라스에서 잠시 바람을 쐬어도 좋고, 아이가 어리다면 1층 아트랩에 데려가서 아트 관련 놀이를 하는 것도 즐거운 경험이 된다. (16세 이하 아이들은 무료이다. 금요일 오후 4시부터는 모두에게 무료로 개방되고, 시간도 저녁 8시까지 연장된다.)

자연사 박물관(Natural History Museum)은 영화 「박물관이 살아 있다」의 배경이 된 곳으로 유명하다. 자연의 역사를 담고 있는 이곳에는 살아 움직일 것만 같은 포유류 동물, 해양 생물, 식물과 곤충의 박제와 모형들, 반짝이는 밤하늘과 우주의 운석 등 아이들이 좋아할 만한 전시가 가득하다. 그중 천장에 매달려 있는 커다란 흰긴수염고래 모형이 눈길을 사로잡는데, 실제 크기 그대로 재현해 놓은 것으로 그 규모가 대단하다. 그 아래 누워서 천장을 바라보며 사진을 찍는 사람들도 흔히 볼 수 있다.

아이들에게 가장 사랑받는 곳인 공룡관에는 세계 최대 규모의 공룡 뼈를 비롯해서 다양한 종류의 공룡 뼈가 전시되어 있어서 아이들의 호기심을 자극한다. 디스커버리 룸을 방문하면 아이들의 눈높이에 맞춘 놀이와 활동을 통해 동물, 자연, 역사, 과학 등을 다양하게 접할 수 있다. (이곳은 기부제로 운영되고 있어서 원하는 금액을 기부하고 입장할 수 있다. 단, 특별 전시나 아이맥스 영화관, 천문관 등을 관람하려면 별도의 비용을 지불해야 한다.)

공연

뉴욕을 말할 때 '브로드웨이 뮤지컬'을 빼놓을 수 없다. 아이들과 재미있게 본 뮤지컬을 꼽으라면 단연 「라이온 킹」이다. 라스베이거스에서도 본 적이 있는데, 그때는 캐릭터들이 보다 코믹한 버전으로 연기하여 많이 웃었던 기억이 난다. 브로드웨이에서 상영한 「라이온 킹」은 각종 동물들의 화려한 입장과 웅장하고 화려한 무대 전개에 눈을 떼기 힘들었다. 지금도 매진 행진을 이어 나가는, 브로드웨이의 대표적인 뮤지컬이다.

큰아이는 학교 졸업여행 때 뮤지컬 「알라딘」을 관람하고는 엄지척을 했다. 알라딘과 재스민 공주의 아름다운 사랑 이야기에 램프 요정 지니가 웃음 포인트를 선사하면서 재미를 더해 주었으며, 무엇보다 무대가 화려하고 아름다웠다고 한다. 역시 브로드웨이의 인기 뮤지컬이다.

브로드웨이에서 초연되었을 때 아이들과 함께 관람한 「신데렐라」 뮤지컬은 우리가 아는 신데렐라 스토리가 아니었다. 이상과 현실 사이에서 좋은 정치를 펼치기 위해 고민하는 왕자를 비롯해 유리 구두를 신중하게 벗어 놓는 신데렐라, 그의 조력자가 된 착한 언니, 신분을 감춘 요정 등 색다른 이야기로 전개되어 또 다른 묘미가 있었다. 신데렐라의 누더기 옷이 일순간에 드레스로 바뀌는 장면에서는 다들 "와~" 하며 감탄을 금치 못했다. 형형색색의 아름다운 드레스와 동화 속 환상의 무대가 재현된 장면 등은 지켜보는 재미를 더해 주었다.

나 홀로 본 뮤지컬로는 아름다운 노래 선율과 절절한 연기력이 절묘하게 어우러졌던 「오페라의 유령」, 흥이 넘치는 노래와 재기 발랄한 무대가 돋보였던 「맘마미아」가 있다. 타임스퀘어의 TKTS 부스를 이용하여 당일 공연을 반값 비용으로 구매할 수 있어서 더욱 보람찼다. (금방 매진되는 뮤지컬들은 할인 목록에 없다.)

크리스마스 시즌에는 라디오시티 홀에서 펼쳐지는 「라디오시티 크리스마스 스펙터큘러(The Radio City Christmas Spectacular)」 공연이 인기다. 전 연령대가 관람 가능하며, 어여쁜 언니 무용단의 정교하고 화려한 춤과 목각 병정 퍼레이드, 산타가 들려주는 크리스마스 이야기에 아이들이 눈을 반짝인다. 연말 분위기를 느끼기에 제격인 쇼다.

만일 브로드웨이 못지않은 수준의 바이블 뮤지컬을 보고 싶다면, 뉴욕에서 멀지 않은 펜실베이니아 랜캐스터(Lancaster)의 '사운드 앤 사이트(Sound & Sight)' 극장 공연을 추천한다. 우리 가족은 「요셉(Joseph)」을 관람했는데, 감동적인 극 전개에 정교한 무대 장치, 살아 있는 다양한 동물들의 등장, 하늘 높이 날아다니는 꿈쟁이 요셉 등을 보고 감탄하지 않을 수 없었다. 관람료도 브로드웨이보다 저렴하고, 시즌마다 천지창조, 노아, 삼손, 지저스 등 테마를 번갈아 가며 공연한다. 방문한 김에 더치원더랜드(Dutch Wonderland), 허쉬 초콜릿 월드(Hershey's Chocolate World) 등의 놀이동산에 들르면 아이들에게 더욱 신나는 여행이 된다.

크루즈 투어

뉴욕에 왔으면 자유의 여신상은 기념 샷으로 남겨야 할 터. 맨해튼 부두에서 출발하는 크루즈를 이용하면 허드슨 강의 시원한 강바람을 쐬며 맨해튼을 조망하고, 자유의 여신상도 가까이에서 볼 수 있다. 크루즈 종류에 따라 투어 시간과 일정이 다른데, 자유의 여신상이 있는 엘리스 섬에 직접 들어가는 크루즈도 있다. 크루즈 비용이 부담스럽다면, 배터리 파크에서 스태튼 아일랜드를 오가는 페리를 이용할 수 있다. 비록 자유의 여신상을 멀리서 바라보지만, 공짜라서 흐뭇하다. 강바람 쐬며 뉴욕을 조망하면서 스태튼 아일랜드까지 방문해 보는 좋은 수단이 된다.

초콜릿 가게

맨해튼 타임스퀘어 광장에 위치한 M&M 스토어와 허쉬 초콜릿 스토어는 우리 아이들이 좋아라 방문했던 가게이다. 샘플로 나눠 주는 초콜릿은 또 다른 즐거움. M&M에서는 형형색색 다양한 초콜릿을 봉지에 담아 무게로 달아서 판매한다. 신나게 담다 보면 무게도 묵직, 돈도 묵직하게 나오니 아이들을 좀 말려야 한다. 예쁘고도 기발한 아이디어로 포장되어 있는 초콜릿을 기념품으로 사 들고 집에 오면 달콤한 추억이 오래오래 맴돈다.

서점

맨해튼에는 뉴요커들이 사랑하는 색다른 서점이 있으니, 그곳은 바로 '스트랜드 북스토어(Strand Bookstore)'다. 미국 최대 규모의 중고 서점이라 하는데, '18miles of choices'라 적혀 있는 간판 아래로 쌓여 있는 중고 서적들을 다 늘어놓으면 18마일(약 29킬로미터) 정도가 된다고 한다. 다양한 신간 서적도 판매하는데, 어린이 책 판매대에는 다른 서점보다 책 종류가 많고 분류가 잘되어 있어서 좋다.

가끔씩 할인된 가격으로 책을 구매할 수 있으니 득템 기회도 많다. 아이들의 눈길을 끄는 여러 귀여운 아이템과 장난감, 스트랜드 로고가 새겨진 가방과 머그컵 등 다양한 브랜드의 기획 상품을 판매하고 있어서 구매 욕구를 자극한다. 책을 좋아하는 큰아이는 이 서점의 매력에 푹 빠졌더랬다. 맨해튼에 가면 꼭 가자고 조르는 곳이다.

비단 맨해튼 관광뿐 아니라, 뉴욕의 사계절을 따라 아름다운 자연을 감상하는 재미도 커다란 즐거움이다. 봄에는 식물원이나 공원으로 꽃구경을, 여름에는 시원한 롱아일랜드 바닷가로 탁 트인 바다 구경을, 가을에는 센트럴파크나 빅베어 마운틴, 아니면 공원 어디서나 단풍 구경을, 겨울에는 눈이 펼쳐진 그 어디에서나 신나게 썰매를 타고 눈사람을 만들거나 스키를 타러 가는 등 계절별로 다채롭게 즐길 수 있다.

뉴욕에서 조금 더 멀리 갈 각오를 한다면, 워싱턴 DC와 보스턴, 캐나다의 토론토, 몬트리올, 퀘벡 등도 얼마든지 자동차 여행이 가능하다. 우리 가족의 경우, 시댁 형님 가족이 토론토에 정착하게 되면서 자동차로 캐나다를 여러 번 방문했다. 가는 길에 들르는 나이아가라 폭포는 보너스 투어. 뉴욕에 사는 특권은 이처럼 쭉쭉 뻗어 나간다.

슬기로운 미국 생활 Tip

뉴욕 시 신분증 만들어서 공짜로 구경 다니기

뉴욕 시에서는 10세 이상인 뉴욕 시 거주자들에게 신분증인 IDNYC를 발급해 준다. 이 신분증은 뉴욕에서 경찰이 인정하는 정식 신분증으로 사용 가능하며, 도서관 카드로도 사용할 수 있다. 모든 뉴요커들을 대상으로 하기에 서류 미비자들도 신청 가능하며, 체류 신분에 관한 정보를 수집하지 않는다고 한다.

신원 증명 서류(여권, 운전면허증 등), 뉴욕 시 거주 증명 서류(고지서, 집 계약서 등)를 제출하면 신청 가능하다. 온라인에서 신청한 뒤 가까운 장소로 약속을 잡아 방문하면 기다릴 필요 없이 바로 신분증을 만들 수 있다.

운전면허증이 있다면 굳이 이 신분증을 만들 필요가 있을까 싶지만, 1년간 누릴 수 있는 혜택이 상당하기 때문에 귀가 절로 솔깃해진다. 메트로폴리탄 뮤지엄, 모마(MOMA), 자연사 박물관, 센트럴파크 동물원, 뉴욕 보태니컬 가든 등의 유명한 박물관과 동물원, 식물원의 1년 공짜 멤버십을 비롯해서 엔터테인먼트 할인, 헬스 및 피트니스 할인 등의 혜택을 누릴 수 있다. 뉴욕 시 거주자라면 이 쏠쏠한 기회를 놓치지 말자.

이민 10년, 시민권을 선택하다

영주권 카드를 받은 후 10년마다 갱신해야 하는데, 어느덧 그 시점이 다가왔다. 적어도 6개월 전에는 신청을 해야 한다는 말을 듣고는 서류를 준비하려는데, 남편이 다른 제안을 했다.

"그러지 말고 시민권을 신청하는 게 어떨까?"

영주권 vs 시민권

우선 시민권을 받으면 좋은 점들을 생각해 보았다. 우리가 미국에 계속 산다고 하면, 시민권자가 되어 정당한 의무와 권리를 행사할 수 있어 좋을 것이다. 당당한 투표권 행사를 포함해서 말이다. 그리고 영주권자는 어떠한 행위가 문제될 경우 추방당할 위험이 높기 때문에, 시민권을 받아 두는 게 만일을 위해서도 안전하다고 여겨졌다. 2016년 여름, 트럼프가 공화당 대통령 후보로 나와서 상승세를 타기 시작할 때였다. 이민 강경책을 들고 나온 그가 대통령이 될 경우를 생각한다면, 시민권을 미리 받아 두어야 더 안심이 될 것 같았다.

한편으로는 한국 국적을 포기한다는 점이 너무 아쉬웠다. 뼛속 깊이 흐르는 핏줄은 변함없겠지만, 미국인이 된다는 자체는 영 낯설게 느껴졌다. 하지만 우리 가족이 미국에 살기로 한 이상, 이곳의 시민으로 살아가는 길이 모두에게 더 합당한 선택이라고 생각했다.

정보가 없는 상태에서 나 혼자 시민권 수속을 감당하는 건 무리였다. 변호사에게 의뢰하기에는 비용이 부담스러웠기에, 시민권 수속을 무료로 도와주는 시민단체에 연락해 도움을 받기로 했다. 귀화 신청에 필요한 서류 등 관련 정보를 이메일로 받은 다음, 인터뷰 약속을 잡았다. 지난 5년간 거주지, 근무 기록, 여행 기록 등의 정보와 함께 신분증(여권, 영주권, 운전면허증, 소셜 카드) 등의 서류를 준비해서 약속 날짜에 찾아갔다.

도움을 받기로 한 곳은 플러싱에 위치한 '민권센터'라는 시민단체였다. 사무실은 크지 않았는데, 기다리는 사람들과 인터뷰하는 사람들로 인해 사무실 안은 혼잡했다. 나를 맞이해 준 담당자는 친절하게 하나하나씩 항목을 불러 주면서 내 대답을 듣고는 신청 서류에 표기를 했다.

서류에는 범법 기록에 대한 항목이 있는데, 경찰에게 발부받은 교통 티켓도 적어야 하는지는 많은 사람이 궁금해 하는 것 중에 하나. 나 역시 물어봤더니 담당자의 대답은 '예스'였다. 심사에서 정직성 여부를 중요하게 여기므로, DMV에서 교통 기록을 발부받아 티켓 위반 내역을 적으라고 권장했다. 다행히 나는 발부받은 티켓이 없었기에 고민 없이 통과할 수 있었다.

신청서를 컴퓨터로 작성한 다음, 다시 프린트하여 리뷰를 끝낸 후 신청비와 함께 모든 서류 제출을 마쳤다. 고마운 사람들의 도움 덕분에 모든 과정이 수월했다. 이제 서류는 내 손을 떠났다.

마지막 관문, 시민권 인터뷰

서류를 접수하고 두 달여쯤 지났을 때, 신원조회를 위해 지문을 찍으러 오라는 통지를 받았다. 열 손가락 지문을 찍고 나니, 한 달쯤 지나 인터뷰 통보가 왔다. 어디서 받게 될지 궁금했는데, 롱아일랜드에 있는 이민국 사무실로 오라고 적혀 있었다. 복잡한 도심 쪽이 아니어서 다행이다 싶었다.

아무쪼록 인터뷰도 수월하게 통과하길 간절히 바라면서 열심히 인터뷰 공부에 돌입했다. 시험은 미국 정부, 역사, 통합 시민사회 등의 내용으로 100개 항목을 공부해야 한다. 심사관은 이 중에서 10개 문제를 내는데, 적어도 6개를 맞춰야 통과한다. 말하기는 인터뷰를 통해서 확인하고, 읽기와 쓰기 시험도 함께 본다. 예상 문제지는 이민국으로부터 받은 것도 있고, 웹사이트에서 다운로드 받을 수도 있으며, 유튜브 등을 통해 오디오 버전으로 공부할 수도 있다.

나로서는 심사관의 영어를 잘 알아들어야 하니, 오디오 파일로 자주 듣기를 반복했다. 인터뷰 경험담을 찾아보니, 까다로운 심사관을 만나 곤욕을 치렀다는 내용도 더러 눈에 띄었다. 심사관에 따라 인터뷰 분위기가 크게 좌우되는 듯했다. 부디 좋은 심사관을 만나게 해 달라고 간절히 두 손을 모았다.

드디어 디데이! 아침 일찍 남편과 함께 인터뷰 장소로 향했다. 서류를 접수하고 기다리는데, 내 이름이 먼저 호명되었다. 너그러운 인상의 백인 할아버지 심사관이 나를 기다리고 있었다. 속으로 '야호!' 쾌재를 불렀다. 내 기대처럼 그분은 나를 편안하게 대해 주었다. 먼저 진실만을 말할 것을 선서하고서 인터뷰가 시작되었다.

심사관의 말이 그리 빠르지 않아서 알아듣는 데 어렵지 않았다. 심사관은 신청 서류에서 내가 "예스, 노"로 대답했던 질문을 하나씩 다시 물어보았고, 그에 대해 추가 질문도 다시 물어봤다. 이윽고 시험을 치르는데, 6개 연달아 맞추어 통과했고, 읽기와 받아쓰기 시험도 쉬운 문장을 내주어서 문제없이 읽고 적어 냈다. 마지막으로 서류에 사인을 함으로써 모든 인터뷰를 마쳤다. 심사관이 축하한다며 인사를 건네는데, 감사한 마음 가득 담아 인사하고 방을 나섰다. 그렇게 후련하고 기쁠 수가 없었다.

대기실로 나와 보니, 나보다 늦게 들어갔던 남편이 먼저 나와서 나를 기다리고 있었다. 내가 좋은 심사관을 만났다고 자랑했더니, 남편 역시 심사관이 별로 묻지도 않고 빠르게 끝내 주었다고 했다. 둘 다 심사관을 잘 만나 수월하게 마칠 수 있어서 참으로 감사했다.

그로부터 2주 후인 2016년 11월 1일, 우리는 시민권 선서를 위해 손을 들었다. 트럼프 대통령이 11월 8일에 당선되었으니, 우리의 타이밍은 훌륭했다. (이후에는 시민권 신청이 몰려서 심사가 더 까다로워지고, 대기 시간도 전보다 오래 걸릴 수 있다고 한다.)

연세 많으신 판사가 선서에 앞서 연설을 하는데, 미국에 대한 자부심으로 근엄하게 말씀하시는 그분의 모습은 왠지 존경스럽고 멋있어 보였다. 시민권을 신청하면서 이름 변경을 꼭 하고 싶었는데, 그 꿈을 이룬 날이기도 했다. 운전면허증을 신청할 때 'So Na'로 띄어서 기록되는 바람에 퍼스트 네임이 'So'처럼 되어 버렸던 것을, 마침내 본래 이름인 'Sona'로 바꾸게 된 것이다. 시민권 선서를 하고 미국 국가를 부르는데, 이제 나의 국기가 '성조기(The Star-Spangled Banner)'가 되었다는 게 신기하면서도 어색하게 느껴졌다. 이제 영어 잘 못한다고 핑계만 댈 일이 아니라는 부담감 또한 묵직하게 느껴졌다.

'코리안 아메리칸이자, 이 나라의 시민으로 내게 주어진 삶을 열심히 살아가야지.'

이민 10년 차, 우리는 그렇게 미국 시민이 되었다. 그리고 또 하나의 커다란 변화가 우리를 기다리고 있었다. 뉴욕을 떠나 새로운 땅, 캘리포니아로 떠나게 된 것이다. 금광을 캐러 동부에서 서부로 이동한 개척시대 미국인처럼, 우리도 캘리포니안 드림을 안고 새로운 출발을 꿈꾸고 있었다.

슬기로운 미국 생활 Tip

시민권 신청할 때 동반 자녀가 있는 경우

자녀가 18세 미만일 경우에는 따로 시민권을 신청하지 않아도 부모와 함께 자동으로 시민권자가 된다. 하지만 자녀의 시민권 증서는 따로 주지 않기 때문에, 시민권 증서를 얻으려면 별도로 신청해야 한다. 다만, 시민권 증서 신청비가 시민권 신청비보다 더 비싸다. 그래서 자녀의 미국 여권으로 시민권 증빙 서류를 대신하는 사람들이 많다.

네 번째 이야기

새로운 출발, 캘리포니아 드리밍

뉴욕의 추운 겨울을 떠나

6시간 비행을 마치고 도착한 LA공항.

환한 햇살이 빛나면서 야자수가 곳곳에 보이기 시작했다.

마침내 캘리포니아다!

추웠던 뉴욕에서 따뜻한 캘리포니아로

뉴욕 하면 고전적인 팝송 「뉴욕 뉴욕(New York New York)」이 떠오르듯, 캘리포니아 하면 「캘리포니아 드리밍(California Dreamin')」이란 노래가 절로 흥얼거려진다. 이 노래를 부른 마마스 앤 파파스(The Mamas & The Papas)의 뮤직비디오 영상을 보면, 눈이 잔뜩 쌓여 있는 뉴욕의 추운 겨울날과 해가 쨍쨍 내리쬐는 캘리포니아의 눈부신 바닷가 모습이 계속 대비되어 나온다.

뉴욕의 추운 겨울날 따뜻한 캘리포니아를 꿈꾼다는 가사가 반복되는데, 어느 날부터 이 노래 가사에 공감이 갔다.

이제는 작별의 시간

우리 가족이 처음 정착한 뉴욕은 한국처럼 사계절이 분명해서 각 계절의 묘미를 만끽할 수 있는 곳이었다. 따사로운 봄이면 화사하게 피어난 꽃들이 마음까지 화창하게 만들어 주어 절로 콧노래가 나온다. 여름에는 햇살이 강하지만 습도가 그리 높지 않아 한국만큼 덥지 않으며, 바다가 가까워 언제든 더위를 식히러 갈 수 있다. 특히 가을이면 파란 하늘과 더불어 단풍이 절정을 이루어서 동네 곳곳의 나무만 봐도 그 아름다움에 감탄사가 나온다. 명실상부 뉴욕의 베스트 시즌이다. 그리고 겨울에는 눈으로 하얗게 뒤덮인 서정적인 풍경이 연출되어 그림엽서처럼 예쁘다.

물론 계절에 따라 주의할 점도 있다. 봄은 꽃가루가 많이 날리므로, 꽃가루 알레르기가 있는 사람들에게는 고생스러운 계절이다. 6월부터 11월까지는 허리케인 시즌이다. 가끔씩 위력적인 허리케인이 불어오면 도로의 커다란 나무가 쓰러지고, 집이 파손되거나 전기가 끊어지기도 한다. 우리 집은 튼튼하게 지어진 아파트라 허리케인 피해는 별로 없었다.

겨울에 거센 눈 폭풍이 불어닥치면 도로가 미끄러워 조심해야 하고, 집 앞의 눈을 치우거나 눈 속에 묻힌 차를 꺼내야 하는 수고로움도 있다. 수북이 쌓인 눈을 치우려고 삽질을 하다가 남편이 허리를 삐끗해 드러누운 적도 한두 번이 아니다. 그렇지만 폭설로 학교가 문을 닫는 날이면, 아이들은 신이 나서 눈에 파묻혀 즐거운 추억을 쌓는다.

추위를 많이 타는 나로서는 겨울이 제일 힘든 시즌이었다. 집에 히터가 있었지만 자칫 가스 요금 폭탄을 맞을 수 있기에 한기가 들지 않을 만큼만 틀었다. 그래서 전기 히터를 장만하여 따뜻할 때까지 켜 놓았는데 전기 요금 폭탄을 맞고는 사용을 자제해야 했다. 그리고 이런 상황이 되면 「캘리포니아 드리밍」 노래 가사처럼 따뜻한 캘리포니아에 가고 싶다는 소원이 불쑥 솟아올랐다.

뉴욕에 정착해 10년째로 접어들 즈음이었다. LA 쪽에 있는 물류 회사 본사에서 남편에게 같이 일해 보자는 제의를 해 왔다. 캘리포니아를 그리워하던 그는 이 기회를 놓치고 싶어 하지 않았다. 그건 나도 마찬가지였다. 중학교에 들어간 큰아이에게 고등학교 입시 경쟁이라는 부담을 덜어 주고 싶어서라도 다른 지역으로 이사를 갈까 고민하던 차였다. 그것도 내가 바라던, 따뜻한 캘리포니아가 아닌가.

하지만 이사 간다는 말에 어느새 큰아이 눈에서는 눈물이 뚝뚝 떨어졌다. 아기 때 뉴욕으로 이민 와서 초등학교까지 졸업했으니, 정든 학교, 정든 친구들과 헤어지는 슬픔이 크게 느껴지는 모양이었다. 이제 1학년이 된 둘째 역시 슬퍼했는데, 아무래도 언니 따라서 더 그러는 것 같았다. 아이들에게 미안하고 안쓰러운 마음이 컸지만, 이미 선택은 한쪽으로 기울어져 있었다. 그저 시간이 흐르면서 아이들도 마음을 열고 긍정적으로 받아들이기를 바라는 수밖에….

장거리 이사, Ready Set Go!

떠날 날이 결정되니 할 일이 쓰나미처럼 몰려왔다.

첫째는 이삿짐 보내기. 이삿짐 센터를 잘 결정하는 일이 우선이었다. 특히 다른 주로 이사 갈 때는 자칫 물건이 손상되거나 배달 문제가 발생할 위험이 있다는 얘기를 듣고는 더욱 신중히 알아본 후 업체를 선정했다. 뉴욕의 이삿짐 업체에서 우리 이삿짐을 싣고 가서 LA 쪽으로 보내면, 현지 업체에서 우리 집 주소로 배송하는 방식이었다. 우리는 이삿짐 업체에서 보내준 박스를 이용해 직접 이삿짐을 다 쌌다.

우리가 타던 자동차 한 대는 차량 전문 수송 업체를 통해 LA로 먼저 보내고, 다른 한 대는 떠나기 전날까지 타다가 지인에게 팔기로 했다. 중고로 장만하여 그동안 별문제 없이 먼 거리를 씽씽 달려 준, 우리의 훌륭한 발이 되어 주었던 고마운 차였기에 작별할 때는 아이들도 나도 아쉬움이 컸다. 정이 많이 들었는지 지금까지도 비슷한 차만 보면 아이들은 "우리 차다!" 하고 외친다.

둘째는 이사할 집 알아보기. 직접 발품 팔며 알아보면 좋으련만, 거리가 너무 멀었다. 여러 조언을 참고하여 어떤 동네가 좋을지 후보지를 선정한 후, 부동산 사이트에 올라온 집들 중 마음에 드는 곳을 몇 군데 골라 놓았다. '가자마자 집을 확인하고 결정하기까지 오래 걸리지는 않겠지' 긍정적으로 생각했다.

셋째는 아이들 학교에 전학 통보하기. 사실 이 부분이 제일 곤란했다. 이사 갈 집 주소가 없기 때문에 전학 가는 학교 정보를 줄 수가 없었던 것이다. 그럴 경우 학교에 들어갈 때까지 결석 처리가 되지만, 다른 방도가 없었다. 학교가 정해지는 대로 연락을 주기로 하고 전학 신청서를 작성했다. 부디 빨리 집을 구해야 할 텐데, 마음이 살짝 급해졌다.

마지막으로 사람들과 작별 인사하기. 우리에게 가족이 되어 주고, 친구가 되어 준 고마운 사람들과 헤어질 시간이었다. 뉴저지에 계신 남편 쪽 친척인 삼촌, 숙모는 명절 때마다 우리를 초대해 주기도 하고, 이사 가는 날까지도 아낌없는 사랑을 나눠 주셨다. 뉴욕에서 가까이 지낸 친구들은 이사 준비로 바쁜 우리를 위해 맛있는 식사를 대접해 주고, 마음 담은 선물을 건네며 따뜻하게 우리를 안아 주었다. 이들과 언제 또 만날 수 있을까. 눈시울이 붉어졌다.

이사 가는 날 아침, 마지막으로 집 앞에서 기념촬영을 했다. 이 집에서 둘째를 낳고, 아이들을 학교에 보내며 좋은 이웃과 행복한 시간을 보낼 수 있었다. 떠난다는 아쉬움과 새로운 출발에 대한 기대감이 뒤섞인 채로 비행기에 올랐다. 뉴욕이 점점 작아지다가 마침내 멀어졌다.

'우리에게 든든한 터전이 되어 주었던 고마운 도시여, 안녕. 뉴욕에 살았다는 자부심은 영영 간직할게.'

6시간의 비행 끝에 도착한 LA 공항. 우리 네 식구는 조그마한 반려견과 함께 짐 가방을 바리바리 끌고서 공항을 빠져나왔다. 환한 햇살이 비치면서 야자수가 곳곳에 보이기 시작했다. 마침내 캘리포니아다!

캘리포니아의 우리 집을 찾아서

'캘리포니아, 이 넓은 땅덩어리에서 우리가 살 집은 과연 어디일까?'

2016년 11월의 마지막 날, 우리는 캘리포니아로 왔다. 남편이 2017년 새해부터 일을 시작하기로 하였으니, 한 달 동안 집을 구해서 이사까지 마칠 계획이었다. 그때까지 호텔 신세를 질 각오를 했는데, 마침 남편 회사 사장님이 한국으로 출장 가면서 비어 있는 본인의 집에 머물게 해 주셨다. 사장님 댁은 오렌지카운티에서도 살기 좋기로 소문난 어바인(Irvine)에 있었다. 분양받은 지 얼마 안 되는 콘도 스타일의 새 집이어서 호텔보다 더 좋다고 감탄하며 짐을 풀었다. 이제 본격적으로 집을 보러 다닐 시간이었다.

집 구하기가 쉽지 않네…

캘리포니아의 드넓은 면적만큼이나 자유로운 선택이 우리에게 주어져 있었다. 남편 회사에서 비교적 멀지 않은 거리에서 학교와 거주 환경을 고려해 후보지를 꼽아 보았다. 떠나오기 전부터 부동산 모바일 앱으로 월세 매물을 열심히 검색했고, 마음에 드는 집도 골라 놓은 상태였다. 세입자가 집을 알아볼 경우에는 중개료가 무료라는 점을 활용하여 중개인을 통해 집을 더 소개받기로 했다.

우선은 가장 유력한 후보로 점찍었던 사이프레스 지역의 집을 둘러보았다. 2층으로 되어 있는 아담한 타운하우스(서로 벽을 공유하는 비슷한 스타일의 주택)로, 아이들이 신나게 계단을 오르내리며 좋아했다. 동네도 집도 괜찮아 보였다.

"좋아, 이 집으로 하자!"

우리는 단번에 결정하고는 주인에게 신청서를 냈다. 이렇게 집이 금방 구해지나 싶었는데, 뜻밖에도 거절 통보가 떨어졌다. 아무래도 우리에게 반려견이 있다는 게 마이너스 요인이 되는 듯했다. 서둘러 다른 집을 둘러보았는데, 강아지를 받아 주는 집도 많지 않은 데다가 마음에 드는 집을 찾기도 쉽지 않았다.

게다가 뉴욕의 학교에서 매일 전화가 걸려 오고 있었다.

"Your child is absent."

우리 아이가 결석이라고 녹음된 메시지였다. 급기야 큰아이가 다니던 중학교에서도 전화가 왔다. 출석 담당자였다.

"아직까지 아이를 학교에 보내지 않으면 어떻게 합니까? 근처 아무 학교라도 빨리 보내야 합니다."

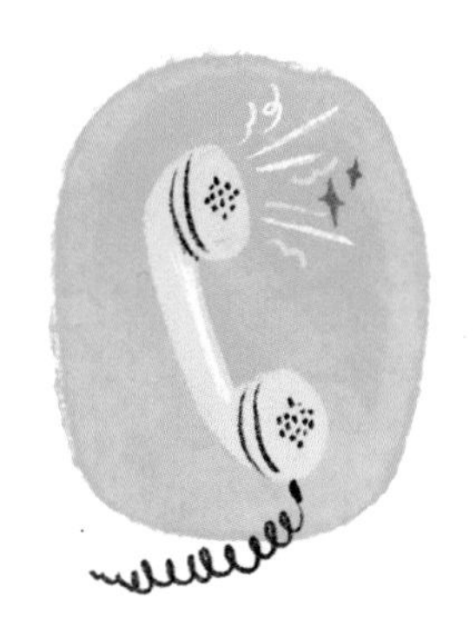

곧 보내겠다고 에두르고 전화를 끊었지만, 주소를 증명할 서류가 없는데 어떻게 아무 학교에 보낼 수가 있겠는가. 마음만 더욱 급해져 버렸다.

우리는 타운하우스나 개인 주택을 선호했지만, 이제는 찬밥 더운밥 가릴 처지가 못 되었다. 사이프레스의 2층짜리 아파트를 보러 갔는데, 마침 비어 있는 집이 있었다. 반려견 보증금과 함께 매달 추가 비용을 내면 반려견을 기를 수 있다고 했다.

모델 하우스의 집은 근사하게 보였는데, 지금은 공사 중이라며 실제 집은 보여 주지 않았다. 앞쪽 벽면으로만 창이 나 있고, 뒤쪽 벽면은 다른 집과 붙어 있는 형태여서 햇빛이 어느 정도 드는지 가늠이 안 갔고, 위층의 층간 소음이 어떤지도 알 수 없었다.

다소 찜찜한 마음이 들었지만 선택의 여지가 없었다. 우선 계약금으로 100달러를 지불하고 며칠 후에 계약서를 작성하기로 했다. 마침내 집을 구했다고 생각하니 안도감이 들었다. 휴우, 생각보다 집 구하기가 만만치 않았다.

궤도를 수정해 어바인으로

그런데 문제가 하나 생겼다. 어바인에 2주 정도 머무는 동안 이곳이 좋아져 버린 것이다! 깨끗하고 조용하고 안전하며, 곳곳에 쇼핑센터가 많아서 편리했다. 공원이나 수영장 등의 편의시설도 잘 갖추어져 있었고, 학군도 좋다고 했다.

일요일에 어바인에 있는 한인 교회를 방문해 예배를 드렸는데, 교회 또한 마음에 들었다. 이제 이곳을 떠날 때가 되니, 왜 이리 다 좋아 보이는지….

이심전심인 걸까? 남편이 먼저 말을 꺼냈다.

"우리 어바인에서 집을 알아보는 게 어때?"

회사까지 출퇴근길이 다소 멀겠지만, 가족을 위해 기꺼이 감수하겠다는 그가 고마웠다. 그렇다면…? 아직 아파트는 정식으로 계약한 상태가 아니기에 바꿀 여지는 얼마든지 있었다. 갑자기 우리의 방향이 급선회했다.

곧바로 어바인 쪽 집을 검색하는 한편, 부동산 중개인에게도 연락해서 집을 알아봐 달라고 부탁했다. 다행히 매물이 여러 군데 나와 있는 상태였다. 중개인이 소개해 주는 집을 둘러보는데, 어느 한 집이 마음에 들었다.

2층으로 된 타운하우스였는데, 양쪽 벽이 다른 집과 붙어 있으면서 1~2층은 우리만 쓰기에 아이들이 뛰어다녀도 층간 소음 걱정은 하지 않아도 되었다. 카펫이 아닌 마룻바닥에 방 크기도 적당하고, 향기로운 꽃나무가 심긴 작은 뒷마당도 있었다.

집 밖으로는 단지 바로 옆에 수영장과 테니스 코트가 있어서 얼마든지 이용 가능했고, 가까운 거리에 호수가 있어서 산책을 가기도 좋았다. 월세가 비싸지 않을까 싶었는데, 우리가 들어가려고 했던 사이프레스의 아파트와 큰 차이가 나지 않았다. 반려견 보증금이나 추가 비용이 없다는 점도 마음에 들었다.

이 집이다 싶어서 중개인을 통해 그날 바로 신청서를 냈다. 중개인은 심지어 가격을 조금 더 낮춰 달라는 요청도 함께 넣었다. 그러다 거절당하면 어쩌려고 그럴까 걱정도 되었지만, 중개인의 판단을 믿고 맡겼다.

그날 저녁에 바로 전화가 걸려 왔다.

"집주인이 바로 계약하자고 하네요."

이렇게 빨리 결정이 될 줄이야! 여러 번의 거절을 맛본 터라 더욱 감격스러웠다. 바로 다음 날, 주인과 만나서 계약서에 사인을 했다. 일이 일사천리로 진행되다니, 될 집은 이렇게 되나 보다 싶었다. 그동안 집을 구하느라 힘들었던 모든 수고가 눈 녹듯 사르르 녹아내렸다.

뉴욕에서 캘리포니아까지 기나긴 육로 여행을 했던 우리 이삿짐도 무사히 새 집으로 배달되었다. 잃어버리거나 상한 것 없이 잘 도착해서 다행이었다. 새로 정착한 동네도, 새로 만난 집도 다 마음에 들었다. 차차 새 이웃들과 친구들도 사귀게 될 거라는 기대감이 솟아올랐다.

우리의 캘리포니아 라이프, 이제부터 시작이다!

슬기로운 미국 생활 Tip

스마트폰으로 집 구하기

스마트폰에 부동산 앱을 깔아 놓으면, 집 찾기에 정말 편리하다. 추천할 만한 부동산 앱으로 질로우(Zillow), 트룰리아(Trulia), 리얼터닷컴(Realtor.com) 등이 있다. 원하는 가격대와 동네를 검색하면 매물로 나온 집을 검색할 수 있다. 매물로 나온 집을 클릭하면 근처의 초중고교도 함께 검색할 수 있어서 유용하다. 아이가 다닐 학교가 어떠한지도 금세 확인할 수 있으니, 집을 결정하는 데 좋은 참고가 된다.

✷ 이사를 마쳤다면 인스펙션 양식을 작성하자

살 집을 계약하고 이사를 마쳤다면, 집 안 곳곳을 살피면서 'Move-In Inspection Form' 양식을 작성하는 게 좋다. 원래 손상이 되어 있거나 고장 나 있는 부분을 발견한다면, 양식에 기록하고 사진을 찍어서 증거 자료로 남기는 것이다. 이사를 나갈 때 자칫 책임 아닌 책임을 지게 될 위험을 예방하기 위해서다. 양식을 두 장 작성하여 한 장은 보관하고, 한 장은 주인에게 보내도록 하자.

새 학교, 새 미션

집을 구하자마자 아이들 전학 신청을 위해 교육구와 해당 학교를 각각 방문했다. 그런데 등록을 하려고 보니, 중학교 학사 일정이 이전 학교와 다르다는 걸 알게 됐다.

뉴욕 시 중학교는 6~8학년까지 3년 과정인데, 어바인은 7~8학년까지 2년 과정이었다. 그렇기 때문에 뉴욕에서 중학생이었던 6학년 큰아이는 다시 초등학교 졸업반으로 들어가야 했다. 다소 억울(?)한 면도 있었지만 나쁘지만은 않아 보였다. 초등학교에서 조금이나마 친구를 사귀어 놓으면, 중학교에 가서 적응하는 데 수월하지 않을까 싶어서였다.

무사히 전학 등록을 마치자마자 뉴욕의 학교에 새 학교 주소를 보내주었다. 나로서는 큰 숙제를 해결한 셈이었다. 작은아이 학교의 출석 담당자가 뉴욕은 요새 얼어 버릴 듯 춥다며, 아주 좋은 타이밍을 골라서 이사를 한 거라고 답장을 보내왔다.

그의 말처럼 정말 그랬다. 겨울에 히터를 틀지 않아도 그럭저럭 지낼 만한 게 내 마음에 쏙 들었다. 아침저녁으로는 쌀쌀하지만, 뉴욕의 겨울에 비하면 애교라고 해야 하나. 아이들은 눈이 없다고 투덜댔지만, 나이 든 나에게는 따뜻한 게 최고였다. 다만, 크리스마스에 날씨가 따뜻하다는 건 아무래도 어색했다. 어쩌면 화이트 크리스마스가 그리워질지 모르겠다.

도전 1. 새 친구 사귀기

아이들이 학교에 다니기 시작하면서 제일 신경 쓰이는 것은, 바로 친구였다. 숫기 없는 우리 아이들이 친구도 없이 혼자 밥 먹고, 쉬는 시간에도 외로이 보낼 것을 생각하면 마음이 절로 짠해졌다.

어느 비 오는 날 아침, 아이들을 데려다주고 돌아서는데 어느 동양인 엄마와 마주쳤다. 나를 보더니 그 엄마가 먼저 말을 꺼냈다.

"혹시, 한국 사람이에요?"

이렇게 반가울 수가! 그녀는 우리 작은아이와 같은 반 남자아이의 엄마로, 재일교포인 부모님 밑에서 자라나 한국말을 조금 할 수 있었다. 그동안 말을 나눌 상대가 없어서 외로웠던 내가 너무 반가워하자, 그 엄마는 같은 학년에 한국 여자애 두 명이 더 있다며 엄마들을 소개해 주겠다고 했다.

그 엄마 덕분에 한국 엄마들을 알게 되었다. 다른 학년까지 합하여 다섯 명 정도로, 많지는 않았지만 알면 알수록 서로 힘이 되는 따뜻한 사람들이다. 미국 땅에서 아이를 키우면서 모르는 것도 많고 고민도 많은데, 함께 나누고 들어주고 격려해 줄 수 있는 동반자들이 있다는 게 얼마나 든든한지.

우리 아이들이 새 학교에 적응하는 건 조금 더 오래 걸렸다. 이미 형성되어 있는 친구들 관계에 끼는 건 쉽지 않기 때문이다. 그래도 작은아이는 다른 반에 한국 친구들이 있어서 조금은 수월했지만, 내성적인 큰아이는 더욱 고독해 보여서 안쓰러웠다.

전학 온 지 얼마 안 되었을 때다. 학교에서 3일짜리 캠프를 간다는 거다. 큰아이가 안 가겠다고 해서 거듭 고민하다가 다행히 캠프장이 집에서 멀지 않아서 통학하는 방식으로 참여하기로 절충했다.

캠프 당일, 큰아이를 데려다주러 갔는데 우리 아이를 반갑게 맞아 주는 친구가 있는 게 아닌가. 같은 반은 아니었지만, 큰아이는 자기처럼 얌전한 중국 아이, 대만 아이와 함께 이야기를 나누었다. 그 모습을 보고 있자니 비로소 안심이 되었다. 그 친구들 덕분에 큰아이는 캠프를 잘 마칠 수 있었다.

중고등학교 가서는 더 많은 친구들을 사귀어서 집에 오면 문자로 수다를 떠느라 바쁜 큰아이. 작은아이도 학년이 올라갈수록 다양한 인종의 아이들과 친해지더니, 방과 후에 같이 놀게 해 달라고 조르기까지 한다. 친구들이 생각난다며 뉴욕을 더 그리워했는데, 새 친구들을 사귀면서 뉴욕 가자는 소리가 아이들 입에서 쏙 들어갔다. 역시 새 환경에 적응하는 비결은 친구가 최고인가 보다.

도전 2. 열심히 달리기

캘리포니아의 강렬한 태양에도 아랑곳하지 않는 시간은, 바로 학교 체육 시간이다. 이곳에서는 체육을 'PE(Physical Education)'라고 부른다. 뉴욕은 학교마다 실내 체육관이 있어서 날씨에 상관없이 편하게 운동할 수 있었는데, 우리 아이들이 다니는 학교는 야외 잔디밭이 곧 체육관이었다. 캘리포니아 아이들이 까무잡잡하게 그을린 이유가 다 있었다.

이렇다 보니 땡볕에서 열심히 뛰어다녀야 하는 것부터가 우리 아이들에게는 도전으로 다가왔다. 특히 큰아이가 중학교에 가면서부터는 그 미션이 악몽으로 바뀌기 시작했다. 무서운 여자 체육 선생님이 아이들에게 달리기를 많이 시켰던 거다. 누군가가 선생님 심기를 거스르면 기합으로 달리기를 무지막지하게 시킨다, 잘 뛰는 애들만 편애한다는 등 학교에서 돌아온 큰아이 입에 불평이 걸려 있었다. 심지어 체육 때문에 학교도 가기 싫다고 항상 투덜거렸다.

그렇게 중학교 첫해를 힘들게 보내면서 딸아이가 점점 달라지기 시작했다. 고전하던 1마일(약 1.6km) 달리기 기록이 조금씩 빨라졌다. 어느 날은 집에서 팔굽혀펴기를 보여 주는데, 17회를 해내는 모습을 보고 깜짝 놀랐다. 볼링, 탁구, 발리볼, 농구, 하키 등 여러 스포츠를 조금씩 다양하게 배우는 모습도 좋아 보였다. 8학년이 되어서는 새로 들어온 7학년들이 체육 시간에 힘들어하는 모습을 여유 있게 바라보는 경지에 이르렀으니, 정말 시간이 약이다.

큰아이가 중학교 체육 시간에 달리기로 고전했다면, 둘째에게는 달리기 행사가 그러했다. 매년 오렌지카운티에는 초등학교들이 연합하여 참가하는 'OC Run'이라는 행사가 있다. 이 대회에 참가를 원하는 학생들은 학교에서 매주 금요일마다 게임처럼 달리기 연습을 한 뒤에 실전으로 1마일을 달리는데, 우리 아이도 참가 신청을 하여 연습을 함께했다.

드디어 대회가 열리는 날. 스타트를 힘차게 끊고 출발했던 다른 애들은 피니쉬 라인에 들어서는데, 우리 아이만 들어오지 않는 거다. 온갖 불길한 상상이 들었지만, 나는 애써 떨치며 한참을 기다렸다. 그런데 작은 아이가 어느 친구와 얘기하면서 천천히 걸어 들어오는 게 아닌가. 이 녀석, 힘드니까 뛰다가 걷다가 한 모양이었다. 그래도 완주했다고 메달을 목에 건 아이는 그것도 힘들었는지 다음 해는 쉬고 2년에 한 번씩 참가하겠단다. 그래도 포기하지 않고 완주했으니 장하지 않은가. 그래, 흥미를 잃지 않도록 너의 속도대로 한번 가 보자꾸나!

도전 3. 친구들 앞에서 발표하기

큰아이가 뉴욕에서 학교를 다닐 때, 항상 '말하기(Speaking)' 영역에서 좋은 점수를 받지 못했고, 개선이 필요하다는 지적을 듣곤 했다. 그렇기에 전학 간 학교에서 더 주눅이 들어 말도 잘 못하지 않을까 염려도 되었다. 그런데 여기서 성적표를 받아 보니 영어가 작문, 문법, 읽기 등의 항목으로 점수가 매겨지고, 말하기 영역이 따로 없어서 참 다행이다 싶었다.

이후로는 말하기가 부족하다고 선생님으로부터 지적받는 일은 없어졌다. 하지만 말하기 영역은 모든 과목마다 수업 참여도 등으로 반영될 것이고, 아이는 자신의 의견을 자신 있게 표현하기 위해 더 노력해야 할 것이었다.

작은아이 또한 발표 때문에 힘든 시간을 보냈다. 전학 오자마자 날씨에 대한 리포트를 작성해서 발표하는 숙제가 있었는데, 아이가 한마디도 입을 열지 않는다는 거다. 그래서 선생님이 내게 권유하길, 다음 발표 시간에 수업을 참관해서 아이를 격려해 달라고 했다.

발표가 있는 날, 참관을 위해 학교에 갔다. 아이들의 시선이 부담스러울까 봐 반 전체는 앞을 보고 있고, 우리 아이만 뒷자리에서 발표할 수 있게 했다. 그러나 결국 작은아이는 입을 열지 않았다. 정말 난처했다. 결국 선생님이 집에서 따라 읽고 비디오 녹화를 하는 것으로 대체할 수 있게 해 주었다.

그랬던 아이가 몇 번의 좌절을 거치더니, 또 다른 발표 시간에 마침내 입을 열었다! 그렇게 발표 횟수가 늘어날수록 이제는 친구들 앞에서 이야기하는 걸 두려워하지 않게 되었으니, 아이의 발전이 놀라웠다. 이제 작은아이의 다음 목표는 더 큰 소리로 발표하는 것!

이렇게 아이들이 새로운 과제를 하나하나 만나서 애쓰는 모습을 지켜보면서 안타까운 마음이 들 때도 있지만, 이루어 가는 기쁨을 함께 맛보게 된다. 나 또한 평생 도전이 될 영어 공부에 더욱 매진해야 할 터. 아이들이 본인들의 과제를 잘 수행하도록 격려하면서, 엄마 또한 노력하는 모습을 보여 주리라. 얘들아, 우리 함께 한 걸음씩 더 전진해 보자!

슬기로운 미국 생활 Tip

학교 등록에 필요한 서류

각 학교 학군의 홈페이지에는 등록 안내가 나와 있다. 어바인 교육구 웹사이트인 'IUSD.ORG'에는 먼저 온라인 등록을 마친 후에 필요한 서류를 가지고 학교를 방문하라고 안내한다. 온라인 등록에는 주소, 연락처 등을 비롯해 보험 정보, 예방 접종 기록도 포함된다. 등록에 필요한 서류는 다음과 같다.

* 학년 배치에 필요한 서류

생년월일이 적힌 출생 증명서 혹은 여권이 필요하다. 전학의 경우 이전 학교에서의 학년 정보(학년 리포트, 등록 리포트 등)가 필요하다.

* 주소 증명 서류

집 계약서, 급여 명세서, 유틸리티 서비스 계약서, 청구서 등. 해당 주소와 부모의 이름이 함께 적혀 있어야 한다. 여기서 유틸리티는 물, 전기, 가스, 인터넷 등의 서비스를 말하며, 막 이사한 경우에는 청구서를 받은 게 없기 때문에 유틸리티 서비스를 신청했다는 내용의 서류를 PDF 파일로 출력해 제출해도 받아 준다. 그 경우 45일 이내에 집으로 날아온 해당 서비스 고지서(bill)를 제출해야 한다.

* 예방 접종 기록

학교에서 요구하는 접종(소아마비, DTP, MMR, B형 간염, 수두 등) 기록을 다 충족해야 등록할 수 있다.

학부모 자원봉사에 참여해 보자

어바인의 학교에서는 학부모들이 자원봉사로 학급 일을 많이 돕고 있었다. 매주 혹은 격주로 찾아가서 하는 일은, 선생님의 사무적인 업무를 도와 교재를 복사하거나 한 주간 아이들이 공부한 학습지와 알림장 등을 폴더에 넣어 주는 일, 영어 혹은 컴퓨터 수업 등을 도와주는 일 등이다. 이외에도 학급의 학부모 대표 역할을 맡을 수도 있고, 특별한 행사나 견학(field trip), 운동회 등 당일치기로 돕는 일도 많다.

자원봉사 활동으로 부모가 수업 시간에 '짜잔' 하고 등장한다는 것 자체가 아이들에게 자긍심이 될 수 있기에 많은 엄마들이 기꺼이 동참하는 것 같았다. 나에게는 더 끌리는 이유가 있었다.

'학교 일을 돕다 보면, 영어를 더 쓰지 않을까?'

이름도 생소한 '뮤직 모니터'가 되어

작은아이가 2학년이 되자, 나도 학교 자원봉사를 해 보고 싶었다. 어느

일에 지원할까 고민하는 내게 선생님이 보낸 이메일이 눈에 띄었다. '뮤직 모니터(Music Monitor)' 자원봉사자를 구한다는 내용이었다.

음악 시간에 아이들을 인솔하여 강당으로 데리고 갔다가 다시 교실로 데리고 돌아오는 가이드 역할이자, 음악 수업 동안 아이들이 떠들지 못하도록 감시하는 자원봉사였다. 시간도 딱 좋아서 격주 화요일마다 1시간 정도 시간을 내면 됐다. 내 영어 실력으로 할 수 있을까 주저되기도 했지만, 우리 아이가 좋아할 걸 생각하니 용기가 절로 났다. 망설이지 않고 얼른 지원했다.

"이제부터 음악 시간마다 엄마가 도와주러 갈 거야."

아이 눈이 휘둥그레지면서 좋아하는 기색이 역력했다.

'그래, 이 맛으로 자원봉사를 하는 거지!'

그때 작은아이가 2학년. 마침 담임이 엄하기로 소문난 여자 선생님이었다. 공부를 잘 가르쳐 주기는 하지만 아이들이 잘못하면 소리도 잘 지르고, 부모들에게도 직설적으로 말한다는 얘기를 들은 적이 있었다. 그렇다 보니 아무래도 선생님과 마주하는 게 부담스럽고, 다소 두렵기도 했다.

첫 자원봉사가 있는 날, 학교 사무실에서 등록을 하고 명찰을 붙인 뒤 심호흡을 하고서 교실 문을 열었다. 선생님이 아이들에게 나를 '미스 P(Park을 줄여서)'라고 소개하면서 아이들과 인사시켜 주었다. 그러고는 나를 향해 뭐라고 휘리릭 말했는데, 내가 정확히 알아듣지 못해 가만히 있자 어느 아이가 대신 불을 켜 주는 게 아닌가.

이런… 얼굴이 좀 달아올랐다. 나중에 선생님이 조용히 나에게 물었다. 영어를 할 줄 아느냐고. 이번엔 얼굴이 더 달아올랐다. '아니, 나 그 정도는 아닌데!' 속으로는 흥분하면서도 겉으로는 조용히 말했다.

"할 줄 알아요. 다만 유창하지 않을 뿐이죠."

어쩌겠는가, 앞으로 내 역할을 잘 해내는 걸로 만회해야지.

꼬마 친구들과 함께하는 즐거움

선생님이 먼저 뮤직 모니터 역할에 대해 시범을 보여 주었다. 음악 수업에 쓸 명찰을 나누어 주고, 아이들을 인솔해 강당에 데려간 뒤 남녀 순으로 섞어서 앉힌다. 음악 수업 동안 아이들 옆에 앉아 있다가 떠드는 아이가 보이면 불러내어 뒤에 따로 앉힌다. 한마디로, 못 떠들게 하는 것이다.

수업이 끝나면 아이들에게 나눠 줬던 명찰을 다 수거한 뒤, 아이들을 인솔해 교실 앞으로 데려간다. 미리 가방을 교실 밖에 내놓은 상태여서 아이들이 집에 갈 준비는 되어 있다. 하교 종이 울리면 아이들에게 굿바이 인사를 한 후, 명찰을 반납하면 내 임무는 끝.

처음엔 자리에 앉히는 것도 오래 걸리고, 아이들을 조용히 시키며 줄 세우는 것도, 떠드는 아이들을 지적해서 경고를 주는 것도 쉽지 않았다. 하지만 점차 익숙해져 갔다. 수업 중에 아이들이 떠들지 못하도록 하는 게 주된 일인데, 고질적으로 떠드는 몇몇 남자아이들이 늘 주요 감시 대상이 되었다. 물론 여자아이라고 예외는 없었다.

그중 내게 몇 번 지적받았던 한 여자아이가 우리 아이에게 "너희 엄마 눈을 보면 무섭다"고 말했단다. 내가 무섭다고? 그 말을 들으니 속상했다.

'나도 애들 칭찬하고 격려하는 좋은 역할만 하고 싶다고!'

못 떠들게 감시하고 벌주는 역할이 썩 내키지는 않았다. 그래도 이왕 맡았으니 아이들을 사랑하는 마음으로 잘 해내고 싶었다. 나를 무섭다고 했던 그 아이에게는 따뜻한 시선으로 바라보려고 더더욱 신경을 쓰면서.

젊고 발랄하며 귀여운 음악 선생님은 가끔씩 내게 또 다른 과제를 줬다. 수업 태도가 좋은 애들을 골라서 추천해 달라거나 손 든 아이들 중에 누구를 선택해야 할지 고르라는 부탁 등이었다. 애들 감시하기도 바쁜데 잘하는 애들까지 선택해야 하니, 내 눈동자가 더욱 바빠졌다.

그런데 그 일이 나쁘지는 않았다. 그 후로 아이들이 나에게 잘 보이고 싶어서 자꾸 눈을 맞추려고 하는 게 아닌가. 속으로 귀여워서 웃음이 절로 나왔다. 어느덧 아이들은 내가 편해졌는지 나한테 짐이나 겉옷을 맡기거나, 자기 명찰을 고쳐 달라고 몸을 내밀기도 했다. 수업 시간마다 화장실에 가고 싶다고 자꾸 나한테 물어봐서 곤란한 적도 한두 번이 아니었다.

처음엔 내 역할에 적응하면서 아이들을 지켜보느라 수업 내용이 잘 들리지 않았는데, 시간이 지나면서 선생님 말이 조금씩 귀에 들어오기 시작했다. 수업 시간에 아이들이 계속 불렀던 노래가 어느 날부터 내 입에서도 흥얼흥얼 새어 나왔다. 아이가 집에서 흥얼거리는 노래를 나 또한 함께 흥얼거릴 수 있다는 건 또 하나의 즐거움이었다.

담임 선생님에 대한 새로운 발견도 있었다. 처음엔 그저 무섭고 엄하기만 한 줄 알고 겁먹고 긴장했는데, 활기차고 재미있으면서 세심한 부분도 많다는 걸 발견하게 되었다. 선생님은 아이들을 잘 파악하고 있었고, 어느 누구에게나 공평하게 대했다. 그 반에 다른 학년 선생님 딸이 있었는데, 그 아이에게도 가차 없이 면박을 주는 모습에 오히려 안심(?)이 되었다고나 할까. 우리 아이도 선생님을 무서워하면서도 존경하며 좋아했다.

그렇게 한 학년이 훌쩍 지나가 뮤직 모니터 역할도 마침내 끝나게 되었다. 격주로 하다 보니 그리 긴 시간은 아니었지만, 미국 학교에서의 첫 자원봉사 활동이기에 더욱 의미 있었고 보람도 컸다. 아이들을 잘 인솔하고 감시해야 하는 역할이 부담스럽기도 했지만, 귀여운 꼬마들과 함께 하며 정도 새록새록 쌓였다. 더불어 아이들의 음악 시간을 지켜보는 즐거움도 컸다. 무엇보다 학급에 참여하는 엄마의 모습 자체가 우리 아이에게 좋은 선물이 된 것 같아서 기뻤다.

자원봉사 활동을 마친 후, 선생님은 참여했던 엄마들에게 일일이 감사의 마음을 담아 예쁘게 포장한 향초와 작은 그릇, 사탕 박스를 선물로 주었다. 그중에서도 선생님과 아이들 사인이 가득 담긴 작은 감사 카드가 특별하게 와닿았다.

아이가 1년 동안 배우며 성장하는 사이, 엄마인 나도 이 작은 봉사를 통해 조금 더 배우고 단련받은 느낌이었다.

'내 영어도 그만큼 더 늘었을까?'

잘은 모르겠지만, 영어를 더 쓰고자 하는 용기만큼은 UP!

매력 만점, 어바인 라이프

어바인(Irvine)은 미국에서 안전하고 깨끗하며 선호도 높은 도시로 손꼽힌다. 미국의 강남이라 불리며 집값 비싸고 교육열 높다는 이야기를 뉴욕에서도 들은 적이 있는지라, 감히(?) 이곳에 살 생각을 처음부터 하지 못했다. 그러나 처음에 우리가 임시로 짐을 푼 곳도, 집을 구하느라 어려움을 겪던 우리에게 선뜻 집을 내어 준 곳도 바로 이곳 어바인이었다. 그러고 보면 우린 결국 이곳에 살 운명이었던 걸까?

들어서는 순간부터 다르다

처음 어바인에 들어섰을 때는 '와, 이런 곳도 있구나!' 싶었다. 나무가 별로 없고, 길쭉한 야자수들이 곳곳에 듬성듬성 서 있는 모습이 일반적인 캘리포니아의 풍경이다. 그런데 어바인에는 가로수 길에 커다란 녹색 나무들이 즐비하게 들어서 있고, 다양한 꽃들이 활짝 피어 있는 풍경부터 눈길을 끌었다. 나무 많고 푸르른 뉴욕과 닮아 있어서 기분이 좋았다.

거리마다 비슷한 색감의 집들이 질서 정연하게 조화를 이루고 있으며, 두세 블럭마다 쇼핑 시설이 잘 갖추어져 있었다. 깨끗하고 편리하며, 잘 정돈된 도시라는 인상부터 들어왔다.

"어바인은 한 개인이 이 땅을 소유해서 철저하게 계획해서 세워진 도시야. 그러니까 분위기가 다를 수밖에."

남편의 설명을 듣고 보니 고개가 끄덕여졌다. 원래 농장이었던 이 땅을 '제임스 어바인'이라는 개인이 사들이면서 그 가족 소유가 되었다고 한다. 그 후 '어바인 컴퍼니(The Irvine Company)'라는 회사를 설립해 땅을 관리하면서 도시를 계획하게 되었다고 한다.

위치와 환경을 감안해 철저한 조사와 사전 계획을 거쳐서 각 동네마다 학교, 공원, 쇼핑가를 배치했으니 편리한 주거 환경이 형성될 수밖에 없겠다는 생각이 든다. 근처에는 비즈니스 중심지인 '어바인 스펙트럼'을 건설하여 많은 기업들이 입주하고 있으며, 분위기 근사한 쇼핑 시설도 잘 갖추어져 있다.

교육 환경도 뛰어나서 초중고교 모두 학력평가지수에서 높은 점수를 얻고 있다. 어바인 곳곳에 계속 아파트 단지들이 건축되고 있고, '그레잇 파크(Great Park)'라는 대규모 공원이 조성되면서 더욱 매력적인 주거지로 떠오르고 있다.

어바인 안에서도 동네마다 조금씩 다른 특색을 보인다. 위쪽으로는 나중에 짓기 시작한 단지들이 많고, 한국과 중국을 비롯한 동양인이 가장 많은 동네이기도 하다. 아래쪽으로는 UC 어바인 대학이 위치하고 있으며, 대학가 주변으로 아파트가 많고, 규모가 큰 개인 주택도 많다. 가운데 지역은 오래된 주택과 새로 지은 주택이 섞여 있는데, 우리 집이 바로 이 동네에 있다.

우리가 집을 고를 때는 동네가 어떤지는 상관없이 집만 봤는데, 살다 보니 이 지역이 참 좋다는 생각이 든다. 새로 지은 단지는 깨끗한 환경이 큰 장점이겠지만, 오래된 단지들은 포근하고 안정적인 느낌이 든다. 이곳에는 두 개의 인공 호수가 있어서 운동 삼아 산책을 나가기에도 좋았다. 휴지통 곳곳에 강아지 배변 봉투도 함께 배치되어 있어서 반려견을 키우는 주인으로서 더 배려받는 느낌이었다.

한국 마트도 어바인 안에 세 군데나 있고, 쇼핑몰도 5분에서 10분 이내의 가까운 거리에 있어서 멀리 쇼핑을 나갈 필요가 없었다. 우리 집이 속한 단지 바로 옆으로는 제법 큰 규모의 야외 수영장이 있어서 언제든지 수영을 즐길 수 있고, 아이들 수영 레슨을 시킬 수도 있다. 좋은 동네를 만났다는 생각에, 내 마음은 아주 흡족했다.

감지덕지 우리 집

처음 우리 집을 만났을 때부터 내 마음은 이리로 꽂혔다. 개인 주택은 비싸고 아파트는 층간 소음이 걱정되어서 망설여졌는데, 이런 우리에게 2층짜리 타운하우스 구조의 집은 최선의 선택으로 보였다.

타운하우스는 한쪽 혹은 양쪽 벽이 다른 집과 붙어 있을 뿐, 단독 주택처럼 독립적인 구조로 되어 있다. 적어도 우리 아이들이 뛰어다니는 것 때문에 불평하는 소리를 들을 일은 없어서 좋았다. 옆집에서 가끔 피아

노 치는 소리가 들려왔지만, 그 외의 다른 소리들은 방음이 잘되는 듯했다. 지은 지 오래된 집이지만, 덕분에 가격은 그만큼 더 절약이 되니 오히려 다행스러웠다.

뉴욕에서 마지막으로 살던 집은 부엌에 창문이 없어서 환기도 안 되고, 어두워서 늘 불을 켜야 했기에 답답한 면이 있었다. 그런데 이 집 부엌에는 커다란 창문이 있고, 뒷마당으로 통하는 문이 있어서 환기와 채광 걱정은 없다. 게다가 자그마한 뒷마당이 있으니 고기도 구워 먹고, 빨래도 널 수 있어서 얼마나 좋은지.

뉴욕에서는 집 근처에 다람쥐가 뛰어다녔는데, 여기서는 집 주위로 토끼들이 뛰어다니고, 아주 작은 도마뱀이 기어 다니며, 벌새들이 날아다녀서 그 모습이 이색적으로 보였다. 코요테가 나올 수 있다는 경고문이 공원에 붙어 있어서 살짝 겁이 나기도 했다. 혹시 밤에 반려견과 산책을 나갔다가 마주칠 수도 있으니 말이다. 아직까지는 먼발치에서 봤을 뿐, 실제로 마주친 적은 없다.

뉴욕 집에서 가끔 출몰하여 우리를 놀래키던 커다란 바퀴벌레나 쥐는 보이지 않았다. 대신에 여기는 개미가 많다. 조금만 달짝지근한 것을 흘려도 개미들이 줄을 잇는다. 부엌이 바로 뒷마당과 연결되어 있어서 더욱 그런 것 같았다. 그래도 작은 개미여서 다행이지! 더 징그러운 벌레가 아닌 것에 위안을 삼으면서 말이다.

가끔 뒷마당에 있노라면, 한쪽 집에선 중국어가 들리고, 또 다른 집에선 스페인어가 들려온다. 우리 집에선 한국말이 흘러나오니, 서로 마음 편하게 자기 언어로 이야기할 수 있어서 좋다고 여겨졌다. 우리가 비밀 얘기를 해도 아무도 못 알아들을 테니 말이다. 그래서일까? 미국에 사는 맛이 느껴진다.

이렇게 다양한 인종들이 함께 어우러져 살아가는 미국. 그중 '어바인'이라는 도시에서 우리 가족은 새 둥지를 틀었다. 다행히 우리에게 적당한 집을 만났고, 아이들도 그럭저럭 공부에 적응했으며, 좋은 이웃과 친구들을 만날 수 있었다. 처음에는 교육열이 너무 높은 건 아닌지 우려했지만, 막상 살아 보니 그렇게 체감되지는 않는다. 교육열이 다른 곳 못지않은 뉴욕에서 와서 더 그렇게 느껴지는지 모르겠지만….

이제는 이곳 생활이 편안하고 익숙해져서 별 감흥 없이 살아갈 때가 많지만, 그래도 잊지 않으려 한다. 캘리포니아 드넓은 땅 어디에서 집을 구해야 할지 막막했던 우리 가족이, 마침내 이곳으로 와 집을 얻게 되었을 때 얼마나 감사했던가를. 우리의 새로운 터전이 되어 준 이곳에서 시간이 지날수록 감사가 더욱 무르익어 가길 소망한다.

미국 엄마들 모임에 똑똑똑

어바인으로 이사를 와서 보니, 뉴욕에서 살았을 때보다 영어를 쓸 기회가 조금 더 많아진 듯했다. 옆집의 멕시칸 아저씨와 가끔 수다를 떨거나, 학교의 일본, 중국, 브라질, 인도 등 여러 문화권 부모들과 이야기를 나누며 말을 좀 더 섞게 된다.

사실 이민자들끼리 하는 대화는 편하다. 말하는 속도도 빠르지 않고, 서로의 영어 수준을 이해하기 때문이다. 그러나 백인들과 이야기를 나누노라면 말이 워낙 빨라서 알아듣기부터가 큰 도전이었다. 정말로 영어 실력이 늘기를 원한다면 원어민 친구를 사귀면 좋지만, 그게 어디 마음처럼 쉬운가.

원어민 속으로 다이빙

그래서 결심을 했다. 내 발로 미국 엄마들 모임을 찾아가 보기로. 미국 각 지역마다 자녀들과 학교를 위해 기도하는 엄마들 모임(Moms in

Prayer)이 있는데, 거기에 노크를 해 보기로 했다. 비단 영어 때문만은 아니었다. 총기 사고 등으로 안전을 위협받는 미국 학교의 현실에서 아이들과 학교를 위해 기도해야겠다는 마음이 들었다. 이왕 미국에서 미국 학교를 위해 기도하는데, 영어로 하면 더 좋지 않겠는가.

웹사이트에 들어가서 내 정보와 연락처를 남겼더니, 우리 아이 학교 모임 리더와 연결을 해 주었다. 기도 모임은 일주일에 한 번, 1시간가량 모이는데, 일단 짧은 시간이 마음에 들었다.

마침내 간다고 약속한 날이 되었다. 막상 찾아가려고 하니 긴장이 절로 되었다. 아이들을 학교에 데려다준 뒤 모임 장소에 도착했더니 리더 엄마가 환하게 맞아 주었다.

"Welcome! Good to see you!"

그녀의 환영에 떨리던 마음이 조금 가라앉았다. 백인들만 있으면 꿔다 놓은 보릿자루마냥 주눅이 들어 어쩌지 싶었는데, 리더를 포함한 백인 엄마 세 명과 인도 엄마, 나와 비슷한 동양인 엄마가 보여서 다소 안도감이 들었다. 둘 다 영어권이어서 나와 차원이 달라 보였지만, 같은 아시안이라는 것만으로도 반가웠다.

곧이어 그녀들의 수다가 시작되었다. 아… 역시 전광석화처럼 말이 빨랐다. 이들의 말을 다 알아들을 수만 있다면! 간절히 염원하며 귀를 쫑긋 세우는 가운데 리더 엄마가 자신의 힘든 문제를 잠시 나누었다. 다음 학기부터 두 아이를 홈스쿨로 공부시킬 거란 말을 듣고는 대단하다 싶었는데, 알고 보니 큰아이가 학교에서 몇몇 애들한테 괴롭힘을 당하며 힘들었다고 한다. 학교에 건의도 여러 번 했지만 적절한 도움을 받지 못했다고 하는 그녀. 아이와 함께 얼마나 속앓이를 했을까….

영어에 문제없고 말 잘하고 적극적인 백인 엄마도 이런 문제 앞에서 힘들어 하는데, 영어 소통 능력이 부족하고 소극적인 나와 같은 동양인 엄마가 그런 문제를 겪는다면 얼마나 마음고생이 심할까….

또 다른 백인 엄마는 아이가 넷인데, 그중 한 아이가 학습장애가 있었다. 아이 넷을 키우면서 틈틈이 학교에서 임시 교사로 일하고 있으니 얼마나 바쁘겠는가. 게다가 장애를 가진 아이에게 더 많은 신경을 써야 하니 힘들겠구나 싶어서 마음이 짠했다. 여러 삶의 무게 가운데에도 열심히 살아가며 자신의 문제를 거리낌 없이 나누면서도 밝게 웃는 그녀들이 대단해 보였다.

리더의 인도에 따라 학부모 기도가 시작되었다. 우리 아이들뿐 아니라 학교와 선생님들과 다른 아이들을 위해서도 기도했다. 합심 기도를 할 때는 괜찮았는데, 돌아가면서 한 사람씩 기도할 때는 정말 긴장되었다. 내 차례가 되어서는 짤막하게 해내면서 안도의 한숨을 내쉬었다.

문득 옆에 있던 동양인 엄마가 내게 한국인이냐고 물어보았다. 그녀 역시 한국인이었다! 왠지 한국말은 못할 것 같았지만, 그래도 너무 반가웠다. 따로 말해 볼 기회는 찾지 못한 채 엄마들 수다를 조금 더 듣다가 자리에서 일어섰다. 수다에 끼고 싶어도 끼지 못하는 이 서러움, 더욱이 영어로 기도하고 나면 몰려오는 이 부끄러움을 어찌해야 한단 말인가…. 사실 철판 깔고서 막 말하는 것이 필요한데, 내 안엔 주저함이 많았다. 다른 사람 시선을 느끼지 않고 더 편하게 말할 수 있기를 바라며, 영어에 대한 도전을 잔뜩 안고 집으로 돌아왔다.

나를 향한 작은 격려

영어 공부도 많이 못했는데, 어김없이 다음 모임 시간이 찾아왔다. 그런데 그날따라 엄마들이 각자 사정이 있어서 못 나온다는 메시지들이 띠링띠링 울렸다. 나 또한 가기 싫은 마음이 불쑥 솟아올랐지만, 꾹 참고서 갈 수 있노라고 메시지를 보냈다.

조촐하게 세 명 정도 모이겠구나 싶었는데, 막상 리더 엄마의 환영을 받으며 들어가자 아무도 보이지 않았다.

'이럴 줄 알았으면 나도 못 온다고 할걸.'

후회스러웠지만, 이미 늦었다. 두 사람만 있으니 처음엔 어색하고 긴장도 되었다. 그런데 오히려 둘만 이야기하는 상황이 나쁘지 않았다.

민트 잎 동동 띄운 따뜻한 차 한잔과 함께 가벼운 대화부터 나누었다. 지난 주말 스키 여행 잘 다녀왔냐고 하나를 물어보면 친절하게 그 이상을 보여 주는 그 엄마의 센스로, 잠시 그 가족이 신나게 스노보드를 타고 내려오는 동영상을 감상했다. "와우, 스노보드 잘 탄다!"라고 말하려는데, 동사를 뭘 써야 하는지 헷갈렸다. '에이, 모르겠다' 하고 그냥 말했다.

"Excellent!"

둘이 하는 기도라 훨씬 빠른 시간에 마쳤다. 그 집 딸아이가 학교에서 어려움을 겪고 있다는 이야기를 들은 터라, 특별히 그 아이를 위해 기도해 주고 싶었다. 마음처럼 표현되지 않는 짧은 기도를 마치고는 부끄러움이 몰려왔지만, 그래도 진심을 담았기에 괜찮다 애써 위안했다.

오늘은 그저 수다를 듣는 것이 아니라, 나에게 말할 기회가 더 주어져서 좋았다. 첫 시간부터 하고 싶었던 말도 꺼낼 수 있었다. 영어가 부족해서 모임에 참석하기를 망설였는데 따뜻하게 환영해 주고, 받아 줘서 고맙다고. 나도 여기 오기까지 용기가 필요했다고. 그랬더니 나에게 용기 내 줘서 고맙다며 더 많이 배울 수 있을 거라고 격려해 주었다. 그러곤 이렇게 말했다.

"I'm proud of you."

그 말이 내 가슴에 남았다. 그래, 못한다고 뒤로 빼지 말고, 못했다고 부끄러워하지도 말자. 노력하는 한 걸음 한 걸음이 대견한 것이니. 자신의 가족을 위해 기도해 주어 고맙다며 나를 안아 주는 그녀와 헤어지며 오늘 참 잘 왔구나 싶어서 뿌듯했다.

그렇게 약 3개월 동안 그 엄마들과 꾸준히 모임을 가졌다. 아이들 학교가 방학을 하면서 우리 모임도 방학을 하게 되었는데, 리더 엄마가 앞으로는 홈스쿨링을 하면서 더 이상 모임을 인도할 수 없게 되었으니 실질적으로는 종강을 한 거나 다름없었다.

그동안 미국 엄마들과 차를 마시며 교제하고, 함께 기도하고, 어느 날은 다 같이 음식을 싸 와서 맛있는 브런치를 나누었던 시간들이 모두 소중하게 여겨졌다. '애썼어!' 하고 나를 칭찬하면서 자신감을 더 가졌다.

SCHOOL

캘리포니아와 뉴욕 학교, 다녀 보니 어때?

캘리포니아에 도착한 순간부터 우리 눈에는 뉴욕과 다른 점들이 쏙쏙 들어왔다. 기후, 주거 환경, 도로 사정, 사람들 분위기 등등. 처음 미국으로 이민 왔을 때 한국과 다른 점들이 눈에 쏙쏙 들어왔던 것처럼 말이다.

기후부터 참 다른 두 곳은 학교 분위기도 사뭇 다르게 느껴졌다. 우리 아이들이 다녔던 뉴욕의 공립학교와 캘리포니아 어바인의 공립학교 모두 우수 학군에 평점이 높은 학교들이었고, 아이들도 만족하며 다닐 수 있었다. 사실 학교마다 고유의 특성이 있으니 어디가 더 좋다고 단정 지을 수 없고, 그 학교들이 뉴욕과 캘리포니아 학교 전체를 대표할 수도 없다. 다만 우리 아이들이 다녔던 학교들을 부모로서 함께 경험하면서 느꼈던 점들을 정리해 보고자 한다. 동부와 서부의 교육 환경에 대해 궁금증을 가지고 있거나, 그중 어느 곳을 선택해야 하는지 고민하는 분이 있다면 조금이라도 도움이 되길 바란다.

학교 건물

뉴욕과 캘리포니아는 학교 건물부터 다르다. 뉴욕의 학교들은 보통 2~3층 벽돌 건물로 지어져 있고, 그 안에 교실, 사무실, 강당, 체육관 등 모든 시설이 들어가 있다. 우리 아이들이 다니는 학교는 따로 야외 운동장이 없었고, 학교 옆의 시멘트 바닥 운동장을 이용했다.

반면에 캘리포니아 학교들은 단층짜리 건물이 주를 이루고, 넓은 잔디밭이 있는 학교가 많다. 여러 초등학교가 본관 건물 외에 가건물인 컨테이너를 개조하여 교실로 사용하는데, 이는 빠르고 쉽게 교실을 늘릴 수 있는 방법이기도 하다.

건물은 중학교, 고등학교로 올라갈수록 더 좋아져서 2층 높이의 건물이 많으며, 달리기 트랙과 잔디 풋볼 경기장, 실내 체육관, 실외 수영장, 테니스 코트 등의 시설을 구비한 학교가 많다. 각 학교마다 잔디 구장은 흔하게 볼 수 있다. 면적은 캘리포니아 학교가 더 넓고, 주로 단층이기에 시야가 트여서 한결 여유로워 보인다.

이런 차이점에는 기후와 지역적 특성이 한몫했을 것이다. 뉴욕은 허리케인과 눈 폭풍이 종종 불어닥치기 때문에 강한 바람과 추위에도 견딜 수 있도록 건물을 튼튼하게 짓는다. 반면에 기후는 온화하지만 지진대에 속하는 캘리포니아는 건물을 높지 않게, 지면의 진동에도 큰 영향을 받지 않도록 구조물을 짓는 특성이 있다.

아이들 안전을 위한 보안

뉴욕 시 공립학교에 들어서면 경비(Security)를 먼저 만나게 된다. 방명록에 방문 이유를 적고 사인을 한 뒤 신분증을 보여 준 다음에 안내를 따라 들어갈 수 있다. 방과 후 뉴욕 시 초등학교에서는 선생님들이 일일이 부모를 확인하고서 아이들을 보내 준다. 만일 데리러 오는 사람이 바뀔 경우에는 따로 연락을 해야 아이를 인계해 준다. 부모가 제시간에 오지 않으면 아이들은 선생님의 지시에 따라 학교 안으로 들어가 카페테리아 등에서 기다려야 한다. 시간이 더 늦어질 경우에는 학교에서 보호자에게 연락을 한다.

캘리포니아의 우리 아이 초등학교는 교실 출입문이 바깥으로 나 있어서 학교 사무실을 통하지 않고도 학교 안에 들어갈 수 있다. 하지만 원칙은, 학교 사무실을 먼저 방문하여 방문객 혹은 봉사자 스티커를 발급받은 후 학교 안으로 들어갈 수 있다.

처음 이곳에 와서 놀란 것은, 수업을 마친 아이들이 교실에서 쏟아져 나와 부모들이 자유롭게 데리고 가는 풍경이었다. 선생님이 밖에 나와 지켜보기도 하지만, 내게는 다소 불안해 보였다. 그도 그럴 것이, 뉴욕에서는 항상 선생님이 아이들을 인솔하고 나와서 누가 데리러 왔는지 확인하고 아이들을 보내 주었기 때문이다. 사실 뉴욕에서는 누군가가 학교 안으로 들어가 아이를 데리고 사라져서 학교가 발칵 뒤집힌 일이 있었다고 한다. 아이들 안전에 더욱 신경을 쓰는 이유도 거기에 있지 않나 싶다. 각 학교들이 예방 차원에서 안전에 더 힘써 주었으면 하는 게 부모의 마음 아니던가.

아이들 급식

미국 학교는 소득 수준에 따라 무료 혹은 일부 금액, 전액을 받고 급식을 운영한다. 햄버거, 치킨 핑거, 피자, 또띠아 등 메인 메뉴와 함께 야채, 과일, 우유, 물, 주스 등을 제공한다. 물론 학교 급식을 하지 않고 집에서 도시락을 가져오는 아이들도 많다.

뉴욕 시 공립학교에서는 아침이 무료로 제공되어서 학교에 일찍 도착한 아이들은 누구나 아침을 먹을 수 있다. 우리 아이들이 다닐 때는 점심값을 따로 냈는데, 이제는 점심도 무료 급식이 된다. 여름방학 기간에도 지정된 장소에서 아이들에게 아침, 점심을 제공해 준다.

한편 캘리포니아 주는 2021년 가을학기부터 전학년 학생들에게 아침과 점심 무료 급식을 제공하는 법안을 통과시킴으로써 모든 학생이 무상급식 혜택을 누리게 되었다. 이처럼 아이들이 식사를 거르지 않도록 배려해 주는 교육 방침이 부모로서는 참 감사하게 여겨진다.

학사 운영

뉴욕 시 공립학교는 학년이나 요일에 상관없이 풀타임인 하루 6시간 수업을 한다. 물론 학교 일정에 따라 일찍 끝나는 날도 있다. 또한 4세부터 무상으로 6시간 교육을 받을 수 있다. 참고로, 뉴욕 시 학교 입학 연령은 유치원(킨더가든)에 입학하는 해에 만 5세가 되는 조건이다. 그렇기 때문에 같은 해에 태어난 아이들은 모두 같은 학년에 속하게 된다.

캘리포니아 어바인 학군인 우리 아이 초등학교는 저학년보다 고학년이 30분 더 늦게 끝나고, 수요일은 모든 학년이 1시간 정도 일찍 끝난다. 유치원은 오전, 오후반으로 나뉘어 운영되고, 유치원 입학 연령은 그해 9월 1일 전에 5세가 되는 아이들이다. 9월 2일부터 12월 2일에 만 5세가 되는 아이들은 파트타임으로 운영되는 TK(Transitional Kindergarten) 프로그램에 참여할 수 있다.

수업 내용

교육 수준은 동부 쪽이 높다고들 하지만 수업 내용은 사실 선생님에 따라 많이 좌우된다고 생각한다. 선생님이 열의를 가지고 어떻게 가르치느냐에 따라 배우는 수준이 달라짐을 경험했기 때문이다. 읽기의 경우, 뉴욕 시 초등학교에서는 매주 책이 담긴 'Book Bag'을 나누어 주어 레벨별로 관심 있는 책을 가져가서 읽은 후에 줄거리나 독후감 등을 쓰게 했다. 그리고 정기적으로 시험을 치러 A부터 Z 사이의 읽기 등급(level)을 매겨서 성적표에 반영했다. 많이 읽고 많이 써 보도록 하는 가르침이 좋게 보였다.

어바인 초등학교에서도 읽기 등급에 따라 시험을 치르고, 별도로 시험 결과를 알려 준다. 매일 30분씩 독서하라고 숙제가 주어지지만, 쓰기 숙제는 많지 않다. 대신 매 학년마다 프로젝트로 조사하고 발표하는 숙제가 많아서 수줍음을 타는 우리 아이에게는 더 도움이 되었다. 물론 학교마다 주어지는 과제와 수업 내용에 차이가 날 수 있고, 아이들에게 숙제를 내주지 않는 초등학교도 있다.

중학교부터는 영어, 수학, 과학, 역사 등 기본 과목 외에 제2외국어 등 선택 과목들이 늘어나는데, 뉴욕 시 학교에서는 좀 더 다양한 선택 과목을 수강할 수 있다. 반면 어바인 중학교에 들어간 큰아이는 음악으로 관악기 밴드를 택했더니 기본 과목 외에 1년 내내 밴드만 하고 다른 외국어나 선택 과목을 들을 수 없어서 아쉬워했다. 물론 고등학교에 올라가면 제2외국어, 예술, 저널리즘, 스포츠 등 보다 다양한 선택 과목을 들을 수 있다. 자동차 정비 등도 선택 과목으로 배울 수 있다는 점이 실용적으로 느껴졌다.

뉴욕에서 초등학교를 졸업하고 중학교를 잠시 경험하고 온 큰아이에게 물어보니, 수업 내용은 캘리포니아가 더 쉽게 느껴진다고 한다. 이를 뒷받침이라도 하듯, 초등학교 졸업식 때 뉴욕에서는 졸업장만 받았던 아이가 여기서는 성적 우수상으로 대통령 사인이 담긴 상을 받았다. 상을 주는 기준이 달라서 그렇겠지만, 아이가 예전보다 더 자신감을 가지고 공부할 수 있어서 부모로서는 흐뭇하지 않을 수 없다.

학교 운영

뉴욕 시 공립학교들이 재정적으로는 훨씬 더 여유로워 보인다. 4세부터 지원되는 무상 교육도 그렇고, 아침과 점심 무료 급식, 예체능을 비롯한 선택 과목이 다양한 점 등을 보면 그러하다. 중학교에 올라가면서는 대중교통으로 통학하는 학생들에게 전철과 버스를 이용할 수 있는 메트로 카드를 무료로 나눠 준다. 초등학교에서는 각 학급당 보조 교사들이 한 명씩 있고, 학생의 필요에 따라 담임이 두 명인 반도 더러 있었다. 우리 아이가 다녔던 학교는 1년에 한 번씩 학부모회(PTA) 회비로 내는 돈을 제외하고는 따로 기부금을 모금하지는 않았다.

캘리포니아 학교들은 종종 기부금을 모으는 행사들을 여는데, 목표액을 정해 놓고 대대적으로 홍보하면서 학부모의 참여를 유도한다. 그렇게 모은 돈으로 학교 재정을 충당하여 음악, 미술 등의 수업을 지원하거나 각종 학교 행사를 지원하고, 학교에 필요한 물품 등을 구입한다. 기부금이 학교 운영에 있어서 유용한 재원으로 쓰이는 셈이다. 또한 학급을 도와주는 보조 교사가 부족하기에 학생들이 어린 학급일수록 부모들의 자원봉사를 필요로 한다.

우려되는 점

캘리포니아에서는 7학년부터 보건(Health) 시간에 성교육을 받는데, 새로 바뀐 법안에 따라 달라진 교재의 내용을 알게 되고는 염려가 되었다. 아이들의 연령에 적합하지 않은 과도한 내용이 담겨 있고, 낙태에 대해서도 부모 동의 없이 본인이 결정해 수술을 받을 수 있다고 교육한다.

또한 성 정체성 교육을 통해 동성애나 성전환 등을 자연스럽게 받아들이도록 하고, 성 정체성을 본인이 결정하도록 가르친다. 더욱이 앞으로는 성교육을 유치원 때부터 가르치겠다고 하니, 이에 반대하여 많은 부모들이 목소리를 높이고 있는 상황이다. 인종을 초월하여 아이들 성교육을 염려하는 학부모들끼리 뜻을 모아서 다 같이 학교 안 보내는 날을 하루 정하여 각 학교와 학군에 강력한 반대의 뜻을 전하기도 했다.

이러한 일은 진보적 성향의 캘리포니아가 더 빨리 겪게 된 것으로 보이지만, 미국의 다른 주나 뉴욕도 안심할 수 없을 것이다. 학교에만 아이들 교육을 맡길 게 아니라, 우리 아이들이 불필요하며 잘못된 정보에 노출되지 않도록 부모들이 꼼꼼히 관찰하고 살펴야 한다는 책임을 느낀다.

우리 아이들이 다녔던 학교들을 비교하며 정리하다 보니, 큰아이와 작은아이가 뉴욕의 학교에서 교육적 혜택을 많이 받으며 잘 다녔구나 싶어 새삼 감사했다. 따뜻한 캘리포니아에 와서는 땡볕에서 많이 뛰어야 하는 체육 수업 때문에 힘들어 하기도 했지만 덕분에 체력이 더 좋아졌다. 그리고 큰아이의 경우는 뉴욕 학교보다 학업이 상대적으로 쉽다고 여겨졌는지, 공부에 더 자신감을 갖게 된 것 같아서 감사하다.

큰아이에게 어느 학교가 더 좋으냐고 물어보니, 똑같이 좋다고 한다. 뉴욕은 뉴욕이어서 좋고, 캘리포니아는 캘리포니아여서 좋고. 이게 정답인 것 같다. 우리 아이들의 든든한 배움터가 되어 준 모든 학교들에게 감사를 전하고 싶다. 더불어서 학교의 모든 아이들이 즐겁고 안전하게 배움을 이어 나가며 훌륭하게 성장하길 응원한다.

Enjoy 캘리포니아!

캘리포니아에 와 보니 따스한 기후가 주는 장점이 곳곳에 넘쳐났다. 온화한 날씨 덕분인지 사람들에게도 한결 여유가 느껴졌다. 야외 활동에 딱 좋은 조건이라서 놀이동산에는 사시사철 사람들로 붐빈다. 특히 캘리포니아는 자연이 주는 다채로운 매력을 지니고 있다. 아름다운 바닷가, 각양각색의 나무들이 즐비한 공원, 끝없이 펼쳐진 사막, 고운 색채의 온갖 들꽃들, 보기만 해도 웅장한 캐니언(Canyon)들은 우리의 마음을 매혹시키기에 충분하다. 그래서 가족과 행복한 추억을 남길 수 있는 매력적인 장소들을 꼽아 보았다.

놀이공원(Theme Park)

우리 집에서 멀지 않은 부에나파크에 스누피를 테마로 한 '너츠베리팜(Knott's Berry Farm)'이라는 놀이공원이 있다. 우리가 캘리포니아에 와서 제일 먼저 1년 멤버십을 끊은 곳이기도 하다. 유아부터 어른까지 다양한 연령층이 즐길 수 있는 놀이기구들이 많고, 각종 볼만한 공연들이 펼쳐진다. 특히 겨울엔 스누피 등의 캐릭터가 나와서 선보이는 아이스 스케이팅 쇼가 인기 만점이다. 여름엔 파도 풀, 튜브 타고 동동 떠다니는 레이지 풀, 짜릿한 슬라이드 등을 갖춘 물놀이 시설에서 시원한 여름을 만끽할 수 있다. 학교에서 당일치기 소풍(Field Trip)으로 애용하는 곳이기도 하다.

우리가 캘리포니아에 와서 두 번째로 방문한 놀이공원은 '유니버설 스튜디오(Universal Studios)'였다. 기차를 타고 영화 세트장을 구경하는 투어와 애니멀 트레이닝 쇼, 워터 쇼 등 다양한 볼거리들은 언제 봐도 재미있었다. 특히 새로 설치된 해리포터 놀이기구는 압도적으로 아이들 마음을 흔들어 놓는다. 근사한 성으로 들어가서 빗자루를 타고 날아다니는 짜릿한 경험, 한밤에 해리포터 성벽을 배경으로 펼쳐지는 멋진 라이트 쇼 등은 충분히 매력적이다. 겁쟁이 작은아이에게는 아직 벅찬 놀이기구들이 많지만, 큰아이는 자꾸 가자고 조르는, 틴에이저들이 선호하는 테마파크다.

가까운 애너하임에 '디즈니랜드(Disneyland)'가 있다는 건 신나는 일이다. 가격도 제일 비싸고 사람들도 가장 붐비는 인기 만점 놀이공원이다. 줄이 워낙 길기 때문에 패스트 패스(Fast Pass, 미리 예약하고 타는 방법) 등을 이용하면 좋다. 캘리포니아 거주민에게는 특정 기간에 한해 할인 티켓을 끊을 수 있는 기회가 주어지니 쏠쏠하게 이용해 볼 만하다.

이외에도 샌디에이고에는 온갖 종류의 바다 동물을 만날 수 있는 '씨월드(SeaWorld)', 레고를 좋아하는 아이들이라면 더 좋아할 '레고랜드

(LEGOLAND)', 차를 타고 동물을 가까이에서 구경할 수 있는 '사파리파크(Sandiego Zoo Safari Park)' 등을 방문해 잊지 못할 추억을 쌓을 수 있다. 가까운 거리에 이런 멋진 공원들이 있다는 건 정말 즐거운 일이다.

바닷가(Beach)

캘리포니아 하면 눈부신 바닷가를 빼놓을 수 없다. 우리 집에서 가장 가까운 바닷가인 '라구나 비치(Laguna Beach)'는 미국 서부 최고의 해변 중 하나로 꼽힐 만큼 사랑을 받는 곳이다. 야자수와 꽃이 아름다운 조화를 이루는 산책 코스를 거닐다 보면, 해안가를 배경으로 펼쳐지는 한 폭의 풍경화에 절로 감탄이 나온다.

이곳에는 예술가들이 모여 사는 마을이 있고, 갤러리들이 많아서 이곳저곳 다니며 그림을 구경하는 재미와 멋이 넘쳐 난다. 예쁜 상점과 맛있는 디저트, 맛집 등을 다니면서 입 호강, 눈 호강을 하느라 아이들 입이 귀에 걸린다. 한참 걷다가 바닷가에 마련된 벤치에 걸터앉아 시원한 바람을 맞으면서 해양 스포츠를 즐기는 사람들의 모습을 구경하는 것도 즐거운 쉼이 된다.

라구나 비치에서 가까운 거리에 '크리스털 코브 비치(Crystal Cove Beach)'가 있다. 멋진 해안가를 배경으로 펼쳐지는 3마일 산책로에는 자전거를 타거나, 조깅 혹은 산책을 즐기는 사람들이 많다. 바닷가로 이어지는 계단을 따라 내려가면 썰물 때 여기저기 까만 바위들이 드러나 멋진 장관을 연출한다.

YOSEMITE
DEATH VALLEY
SANTA MONICA
66
GRAND CANYON
JOSHUA TREE
SANDIEGO ZOO
Knott's BERRY FARM

우리는 이곳 바닷가 절벽 위에 있는 '카티지(Cottage, 휴양지 등에 건축된 소규모 숙박 시설)'에서 하룻밤 숙박을 한 적이 있다. 해질 무렵, 바다가 한눈에 보이는 커다란 유리창 너머로 서서히 저물어 가는 석양을 바라보며 낭만에 젖는 호사도 누렸다. 주립공원에서 운영하는 이 숙박 시설에는 방이 여러 개 있어서 화장실과 부엌을 공용으로 사용하는데, 다른 여행자들과 교제하는 즐거움이 있었다. 망원경을 들고 열심히 바다를 바라보는 이웃 덕분에 우리도 돌고래들이 점프하는 광경을 구경할 수 있었다. 항상 사람들로 붐벼서 예약을 잡기가 쉽지 않은 곳이기도 하다.

어디 이뿐이랴. 1번 해안도로를 타고 달리다 보면 요트와 부자들의 별장으로 유명한 '뉴포트 비치(Newport Beach)', 바다로 길게 뻗은 피어(pier)가 인상적인 '헌팅턴 비치(Huntington Beach)', 연인들의 인기 데이트 코스이자 해변가 놀이동산으로도 잘 알려진 '산타모니카 비치(Santa Monica Beach)', 물개들의 서식지인 '라호야 비치(La Jolla Beach)' 등 특색 있고 아름다운 바닷가들이 계속해서 펼쳐진다.

국립공원(National Park)

드넓은 캘리포니아의 많고 많은 국립공원과 주립공원을 한 번씩 방문한다면, 얼마의 시간이 필요할까? 바닷가, 산림, 사막 등을 포함한 주립공원만 300여 개나 되고, 국립공원은 9개에 이른다. 웅장한 폭포와 화강암 바위, 푸른 나무들이 어우러지는 '요세미티(Yosemite)', 거대한 모래언덕과 신비스러운 바위가 돋보이는 '데스밸리(Death Valley)', 부글부글 살아 있는 화산을 볼 수 있는 '래슨 화산(Lassen Volcanic)', 사막의 기후를 느끼며 거대한 암벽들과 특색 있는 트리들의 향연을 볼 수 있는 '조슈아트리(Joshua Tree)' 등 다양하고 개성 넘치는 국립공원들은 꼭 방문하고 싶은 여행지다.

캠핑장도 곳곳에 있어서 텐트만 있으면 숙박이 쉽게 해결되니, 자연 속으로 모험을 떠나 볼 만하다. '그랜드 캐니언(Grand Canyon)', '자이언 캐니언(Zion Canyon)', '브라이스 캐니언(Bryce Canyon)' 국립공원 등 신의 걸작품이라 불리는 멋진 캐니언들은 캘리포니아와 맞닿아 있는 애리조나, 유타 등에 위치하고 있는데, 시간이 허락되고 장거리 운전만 결심하면 다녀올 수 있는 관광 명소다.

우리 가족은 추수감사절(Thanksgiving Day) 연휴를 이용해 '세쿼이아(Sequoia)' 국립공원을 다녀왔는데, 높은 산자락 위에 위치하여 커다란 자이언트 트리, 울창한 산림 등으로 유명한 곳이다. 장시간 운전 끝에 꼬불꼬불 산자락을 한참 올라서 국립공원 내에 위치한 호텔에 도착하니 맑은 공기와 푸른 산림, 쏟아지는 밤하늘의 별들이 우리를 맞이해 주었다. 몸과 마음이 한껏 정화되는 이 느낌, 최고였다.

아침에 산책을 나섰더니 마침 아침 식사 중인 사슴 가족과 마주쳤는데, 그들도 나를 힐끗, 나도 그들을 힐끗, 서로를 구경하는 색다른 풍경이 그저 즐거웠다. 높다란 자이언트 트리, 셔먼 트리 사이를 거니노라면 인간이 얼마나 작게 여겨지는지, 자연 앞에서 절로 겸손해졌다.

이외에도 LA 시내가 한눈에 내려다보이는 근사한 전망의 '게티 뮤지엄(The Getty)'에서 그림을 관람하고, '그리피스 천문대(Griffith Observatory)'에서 영화 「라라랜드」의 두 주인공처럼 분위기 타며 별을 관찰하거나, 멋진 야외극장인 '할리우드 볼(Hollywood Ball)'에서 피크닉을 겸하여 공연을 관람하는 등 다양한 문화 시설을 누릴 수 있다.

쇼핑센터도 시설이 잘 갖추어져 있어서 초대형 쇼핑몰 중 하나인 '사우스 코스트 플라자(South Coast Plaza)', '패션 아일랜드(Fashion Island)', '어바인 스펙트럼 센터(Irvine Spectrum Center)'를 비롯해 아름답고 편리한 쇼핑센터들이 바로 근처에 있다.

캘리포니아에 산다는 건 이처럼 즐거운 일! 갈 곳이 많아서 고민이지만, 집순이 우리 아이들 때문에도 가끔 고민이다. 집을 좋아해서 잘 나가지 않으려는 우리 아이들을 살살 꼬셔서 캘리포니아에서의 멋진 추억을 틈나는 대로 함께 쌓아 나가는 게 이 엄마의 소원이다. 제발 나가자, 얘들아!

다섯 번째 이야기

미국 학교 취업 도전기

정말 꿈만 같은 일이었다.

내가 미국 학교에 취직하게 되다니!

내 부족함을 알기에 간절히 기도했고,

내게 열린 문을 향해 용기 내어 한 걸음 내딛고 나니

어느덧 그곳에 닿아 있었다.

귀가 번쩍, 취업의 기회!

2018년의 뜨거운 여름날, 캘리포니아에 정착한 지도 벌써 1년 반이 지나고 있었다. 여름방학이 끝나면 이제 3학년, 8학년으로 올라가는 우리 아이들. 둘째가 아직 어리긴 하지만 이전보다 더 독립적인 나이가 되었다. 한숨을 돌릴 여유가 생기자, 내 안에 한 가지 소망이 슬슬 올라왔다.

'영어를 배우면서 일도 할 수 있다면 참 좋을 텐데… 그런 직장 어디 없을까?'

영어는 자꾸 부딪쳐야 늘기 때문에, 아예 미국 마트 등에서 일하는 것도 나쁘지 않을 것 같았다. 관건은 시간이었다. 아이들이 학교에 가 있는 동안 파트타임으로 일하면 딱 좋겠지만, 학교가 쉬는 날이나 방학이라도 하면 어찌할 방도가 없었다. 아이들을 맡기는 비용이 일해서 버는 돈보다 더 비쌀 테니까….

자격증이 없어도 미국 학교에 취직을?

이런저런 생각만 하며 틈틈이 취업 사이트를 들여다보고 있을 무렵이었다. 몸담고 있던 교회 한글학교에서 세미나에 참석하라는 공지가 전달되었다. 지난 학기부터 한글학교 일요일반 교사로 지원했는데, 용돈벌이도 되고 한국어로 아이들을 가르치는 보람도 있어서 즐겁게 일하고 있던 중이었다.

이번 세미나를 통해 한글 수업에 참고할 만한 아이디어와 유용한 지식들을 배울 수 있을 것 같아서 선뜻 간다고 신청을 했다. 세미나 장소가 제법 먼 거리여서 다른 선생님들을 태우고 직접 운전대를 잡았는데, 그 중 한 선생님이 귀가 번쩍 뜨이는 이야기를 꺼냈다.

"선생님, 일하고 싶으세요?"

"네! 안 그래도 무슨 일을 할 수 있을까 고민하고 있었어요."

"그럼 어바인 교육구의 특수 교육 어시스턴트로 지원해 봐요."

그게 뭐지? 눈이 휘둥그레졌다.

"학교에서 장애 아이들을 도와주는 일이에요."

"자격증이 없어도 돼요? 영어 잘해야 하지 않나요?"

"다른 점수 없어도 교육구 사무실에 가서 시험을 보면 돼요. 그렇게 어렵지 않으니까 신청부터 해요. 영어는 웬만큼 알아듣고 말할 수 있으면 될 거예요. 추천서 두 통도 필요하고요."

함께 세미나에 참석했던 다른 선생님도 마침 같은 직종으로 일하고 있었다. 나보다 더 늦게 이민 온 분들이었는데도 벌써 학교에서 일을 하고 있다니 놀라웠다. 아이들 학교 시간에 맞춰서 일할 수 있고 영어를 사용해야 하는, 내가 찾던 바로 그 직장이 아닌가!

시험 관문부터 통과하자

집에 돌아와 바로 검색에 들어갔다. 교육 관련 취업 사이트인 'Edjoin.org'에 들어가서 내가 지원하려는 직종인 'Instructional Assistant'를 찾아보았다. 미국에서 2년제 대학 이상 학위를 마쳤거나 교사 자격증, SAT 성적 등이 있거나 어바인 교육구에서 주관하는 'Proficiency Test'를 통과하면 된다고 나와 있었다. 미국에서 학교를 다녀본 적이 없을뿐더러, 다른 자격증이나 점수가 없는 나로서는 교육구에서 주관하는 시험을 보는 게 가장 빠른 방법이었다.

하지만 준비 없이 응시하는 건 불안해서 예상 문제라도 풀어 보고 싶었는데, 인터넷에선 그 어떤 자료도 공개되어 있지 않았다. 결국 교육구 사무실에 비치되어 있는 책자를 열람하는 방법밖에 없었다. 무엇을 망설이랴. 얼른 교육구 사무실을 찾아가서 책자를 요청한 뒤 그 자리에서 한 번 훑어보았다. 영어, 수학 문제들과 교사 행동 지침 등에 관한 문제였는데, 예상 문제만 봐서는 그렇게 어려워 보이지 않았다. 우선은 가능한 빠른 날짜로 시험 스케줄을 잡았다.

며칠 후, 성큼 다가온 결전의 날! 너무 오랜만에 치르는 시험이라 절로 긴장이 되었다. 기도하는 마음으로 도착한 어바인 교육구 사무실. HR 부서 직원이 시험에 앞서 설명을 해 주는데, 과목 모두 70퍼센트 이상을

받아야 합격이라고 했다. 그러고는 덧붙이기를, 이번 시험에서 떨어지면 앞으로 6개월간은 시험을 치를 수 없다는 거다. 헉, 그렇담 잘 봐야 할 텐데… 긴장감이 다시 몰려들었다.

시간은 째깍째깍 흐르고, 초조한 마음으로 페이지를 넘겼다. 특히 영어에서 알쏭달쏭한 문제들이 더러 있었다. 문법에 손을 놓은 지 너무 오래되었나 보다. 고민하며 풀다 보니 수학 문제를 손도 대지 못했는데 30분밖에 남지 않았다. 시간의 촉박함을 인지하고는 가슴이 덜덜 떨렸다. 문제는 어렵지 않았지만 항목이 많아서 급하게 문제들을 풀어 내려갔다. 그러고는 정말 아슬아슬하게 시간에 딱 맞춰서 겨우 시험을 마칠 수 있었다. 알쏭달쏭한 영어 문제 붙들고 오래 고민하지 말고 쉬운 수학 문제부터 풀걸…. 후회가 되었다.

자리에 앉아 떨리는 마음으로 시험 결과를 기다렸는데, 채점은 오래 걸리지 않았다. 이윽고 HR 직원이 나오더니 내게 하얀 종이를 건네주었다. 두근거리는 가슴을 진정시키고 확인해 보니, 세 과목 모두 90퍼센트를 넘었다. 아이러니하게도 한참 고민했던 영어 점수가 가장 높았다. 얼마나 다행스럽던지. HR 직원은 내게 축하의 말을 건네고는 지원해 볼 수 있는 직업군을 소개해 주었다. 일반 학급, 특수 학급, 행동 교정 등에서 근무하는 보조 교사 역할이었다.

그렇게 한 차례 관문을 통과했다! 제대로 준비를 못했기에 불안했던 시험을 잘 마치게 되어 너무 기쁘고 감사했다. 두 번째 관문은 서류 작성인데, 추천인 두 사람의 추천서를 받는 게 시급했다. 다행스럽게도 부탁할 사람이 떠올랐다. 현재 다니고 있는 한글학교의 교장 선생님과 뉴욕에서 다니던 교회의 장애인 부서 전도사님이었다.

남편이 뉴욕 교회 장애인 부서에서 오랫동안 봉사했는데, 나도 곁에서 자연스럽게 돕다 보니 전도사님과 친해지게 되었다. 그때 그분이 내게 장애인 돕는 일을 하면 어떻겠느냐고 권했던 일이 퍼뜩 떠올랐다. 오랜만에 다시 연락을 드렸더니 정말 반가워하면서 기꺼이 추천서를 써 주겠다고 했다. 한글학교 교장 선생님 또한 흔쾌히 추천서를 써 주셨다.

이리하여 취업에 필요한 모든 서류가 준비되었다. 시험 성적표와 추천서(2통)를 첨부하고, 내 소개와 경력이 담긴 이력서를 작성해 구직 사이트에 등록했다. 필수 사항은 아니지만 고등학교 졸업증명서와 대학 성적증명서도 영문본으로 같이 첨부했다. 어바인 학군에 올라와 있는 채용공고를 보니, 일반 학급과 특수 학급의 보조 교사 자리가 나와 있었다. 간절한 마음으로 두 군데 다 지원 버튼을 눌렀다. 과연 누가 내 이력서에 관심을 가져 줄 것인가. 이제 떨면서 기다리는 일만 남았다.

학교 취업의 기회를 찾아보자

웹사이트 'Edjoin.org'에 들어가면 학교 관련 구직 공고를 검색할 수 있다. 지역별, 관심 직종별, 키워드별로 찾을 수 있는데, 대다수가 캘리포니아에 위치한 학교들이다. 초중고 교사, 대체 교사(substitute), 보조 교사(Instructional Assistant)뿐만 아니라, 학교 급식(Nutrition Service), 스쿨버스 드라이버, 시설 관리 등 다양한 분야의 직업이 나와 있다.

학교 직원은 크게 'Certificated Staff'와 'Classified Staff'로 나뉜다. Certificated Staff는 관련 자격증(certification)을 취득한 교사나 간호사, 카운셀러 등의 직종에 해당하고, Classified Staff는 주로 지원 업무에 해당하는 보조 교사나 버스 운전, IT, 회계 등의 직종에 해당하며 특별한 자격증을 요구하지 않는다. 물론 각 지원 분야마다 요구되는 필수 조건과 지식을 갖추어야 한다.

특별한 자격증이 없다고, 영어 실력이 부족하다고 주저하지 말고 원하는 직종을 찾아서 용감하게 지원해 보자. 기회의 문은 두드리는 사람에게 열리는 법이다.

인터뷰 복 터진 날

전화벨이 요란하게 울렸다. 이력서를 등록하고 몇 시간도 지나지 않았는데, 벌써 연락이 온 걸까? 그런데 정말 "I am calling from ○○ Elementary…" 어느 초등학교에서 전화가 온 게 아닌가! 당장 오늘 오후에 인터뷰를 올 수 있느냐고 묻길래, 주저 없이 "Sure!" 하고 대답했다.

전화 한 통 받고 한껏 부풀어 오른 이 마음! 그도 그럴 것이, 난생처음 미국 학교에 가서 인터뷰를 보는 것 아닌가. 그런데 곧이어 어느 고등학교, 중학교, 심지어 우리 아이가 다니는 초등학교에서 전화가 왔다. 너무 신이 났다. 이렇게 인터뷰 복이 터질 줄이야!

떨리는 영어 인터뷰, 일단 부딪쳐 보자

나를 제일 먼저 불러 준 C 초등학교 사무실에 가 보니, 내 앞에 대기자가 한 명 있었고, 곧이어 내 뒤로 한 명 더 들어왔다. 이제야 현실 파악이 되었다. 각 학교들이 다음 주 개학을 앞두고 가능성 있는 지원자들을 모조리 불러서 줄줄이 인터뷰하는 상황인 것을. 미국 여자들 사이에서 기다리는데, 왜 자꾸 나 자신이 작아 보이는지….

어느덧 내 이름이 호명되었다. 면접실에는 남녀 두 선생님이 앉아 있었다. 떨리는 내 마음에 한 줄기 빛이 비추었다. 질문지가 프린트되어 놓여 있는 게 아닌가! 이 직종과 관련된 내 경력, 아이들을 다룰 때의 효과적인 원칙, 문제 학생을 다루었던 경험 등을 묻는 질문들이었다. 영어가 내 뜻대로 나오지 않아 답답했지만, 하나하나 대답을 해 나갔다.

마지막으로 묻고 싶은 질문이 있느냐는 말에, 뭐라도 보태야 할 것 같아 입을 열었다. 비록 영어가 유창하지는 못하지만, 내게는 소외된 아이들을 향한 마음이 있고, 아이들을 사랑하는 마음으로 최선을 다하겠노라고. 그렇게 말을 마치고 면접실을 나서는데, 얼굴이 화끈 달아올랐다.

'왜 쓸데없이 그 말을 했을까….'

그러면서 '이 말은 했어야 했는데…' 하는 온갖 후회와 부끄러움이 내 마음을 계속 괴롭혔다. 첫 번째 인터뷰의 여운은 그날 종일토록 진하게 흔적을 남겼다.

그다음 날은 N 고등학교와의 인터뷰. 네 명의 교사가 면접관으로 앉아 있었다. 그들이 차례로 질문을 하는데, 여기에서는 질문지도 없었기에 더 긴장되었다. 어제와 비슷한 질문도 있었고, 인터넷에서 살펴본 내용도 나왔다. '학부모가 자기 아이에 대해 물어볼 때 어떻게 대처할 것인가?'라는 질문에, 우선 담당 선생님에게 물어보라고 말하겠다고 하니 다들 고개를 끄덕였다. 내가 대답을 잘한 것 같았다.

마침내 인터뷰가 끝나고 나오려는데, 한 선생님이 내 추천서를 써 준 사람과 연락이 닿지 않는다면서 연락처를 전달해 달라고 부탁했다. 왠지 예감이 좋았다.

다음으로 방문한 S 중학교에서는 인상 좋은 두 여선생님과 인터뷰를 했는데, 이제는 질문들도 예측이 되다 보니 마음도 한결 여유로웠다. 한편 아이들이 갑자기 폭력을 행사할 수도 있을 텐데 괜찮겠느냐는 질문에, 아이들을 이해하는 마음으로 잘 감수하겠다고 대답은 했지만 속으로는 약간 겁이 나기도 했다.

마지막으로 궁금한 게 있으면 물어보라는 말에, 어떤 지원자를 선호하느냐고 물었다. 선생님은 가진 능력보다 열심히 배우려는 자세를 높이 평가한다고 했다. 순간 나도 모르게 "내가 바로 그런 사람이다"라고 대답해 버렸다. 그러곤 아이들을 사랑하는 마음으로 열심히 배우면서 일하고 싶다고 강조했다. 그러자 선생님들의 표정에서 호감이 느껴졌다.

인터뷰, 최종 결과는?

인터뷰를 봤던 고등학교 선생님에게서 연락이 왔다. 떨리는 마음으로 받아 보니, 나와 함께 일하고 싶다는 게 아닌가! 그러면서 일대일로 맡게 될 학생에 대해 이야기하는데, 선생님 말이 빠른데다 의학적인 용어도 섞여 있어서 학생이 어떤 상태인지 분명히 들리지는 않았다. 다만 일할 수 있겠냐고 묻는 말만큼은 또렷이 들렸다. 나는 얼른 대답했다.

"Yes! I will!"

그러자 그녀는 얼마 뒤 HR에서 이메일이 갈 거라며 서류 절차가 길게는 2주까지 걸릴 수 있다고 했다. 그리고 궁금한 건 언제든 자신에게 전화나 텍스트로 물어보라고 했다. 나는 친절하게 말해 준 그녀에게 감사하다고 인사하며 얼떨떨한 마음으로 전화를 끊었다.

"얘들아, 엄마 뽑혔다! 이제 고등학교에서 일하게 됐어!"

그런데 다른 중학교에서도, 제일 처음 인터뷰를 봤던 초등학교에서도 러브콜이 왔다. 하지만 가장 먼저 가겠다고 답했던 고등학교와의 약속을 번복할 수 없었다. 다른 학교에 채용되어 서류 절차가 진행되고 있노라고 말하니, 축하한다며 "Good luck!"이라 해 주는데 너무 고마웠다. 그렇게 어깨 으쓱으쓱 기분 좋게 전화를 끊었다.

'사람들이 보는 눈은 있네!'

처음에 이력서를 넣으면서는 연락이 한 통이라도 올까 싶었는데, 무려 여섯 군데에서 연락이 오는 걸 보고는 놀라지 않을 수 없었다. 내 이력이 특별해서가 아니라, 마침 학교들이 개학을 앞두고 인원을 충원하는 타이밍과 절묘하게 맞아떨어졌기 때문이었던 것 같다.

여러 학교에 인터뷰를 보러 다니면서 다채로운 경험을 쌓을 수 있었고, 그 걸음이 쌓일수록 조금씩 솟아나는 자신감은 보너스였다. 이렇게 좋은 결과를 얻게 되었으니, 용기를 내길 정말 잘했다는 생각이 들었다. 이제는 열린 문을 향해 나아가는 일만 남았다. 또 어떤 만남이 기다리고 있을까?

슬기로운 미국 생활 Tip

자원봉사 경험을 쌓자

미국 학교에서 인터뷰를 볼 때 교사 경력을 묻는 질문에, 교회 주일학교 교사와 한글학교 교사로 봉사했던 경험을 말했다. 내 말을 듣는 그들의 고개는 끄덕끄덕. 자원봉사 경험도 경력으로 봐 주어서 다행이었다. 한글학교 교사는 시간당 수당을 받고 일했기 때문에 경력란에도 쓸 수 있었다. 나의 경우, 한글학교 교사로 일하면서 이런 취업의 기회도 알게 되고, 훗날 교장 선생님에게 추천서도 받을 수 있었으니 일하기를 참 잘했다는 생각이 든다.

나는 여기에 더하여 우리 아이 학교에서 자원봉사를 했던 경험과 미국 선거관리원으로 반나절 자원봉사를 했던 경험도 이력서에 다 적었다. 미국 학교 혹은 기관에서 봉사한 것은 내 영어 능력을 보여 줄 수 있을 것 같았기 때문이다. 물론 영어 능력 평가는 시험과 인터뷰가 가장 중요하다. 그 외에 내 자원봉사 경력들이 플러스 요인이 되었다면 감사!

혹시 이력서에 써 넣을 것이 없다면 이제라도 자원봉사 경험을 하나씩 쌓아서 잘 활용해 보길 권해 드린다. 교회나 한글학교, 커뮤니티 센터, 인근 도서관 등에 문의하면 봉사할 기회를 쉽게 찾을 수 있다. 봉사활동은 좋은 경험도 되고, 그 일을 통해 담당자에게 추천서를 받을 수도 있다.

마침내 미국 학교에 입성

정말 꿈만 같은 일이었다. 내가 미국 학교에 취직하게 되다니! 내 부족함을 알기에 간절히 기도했고, 내게 열린 문을 향해 용기 내어 한 걸음 내딛고 나니 어느덧 그곳에 닿아 있었다. 그 과정 중에 이런 마음이 들었다. 취직하여 돈을 버는 것도, 미국 학교에서 일하며 영어 실력을 늘리는 것도 모두 중요하고 감사한 일이다. 하지만 그게 전부가 아니고, 내게 열린 이 기회가 도움이 필요한 연약한 누군가를 힘껏 도울 수 있는 자리라는 깨달음, 일종의 새로운 사명감이 내 안에서 싹트고 있었다.

나의 학생들과 마주하다

내 일상에 커다란 변화가 시작된 날. 아침 일찍 아이들을 준비시켜서 학교에 데려다주고, 새로운 일터로 향했다. 우리 집에서 차로 15분 정도 걸리는 위치에 있는 고등학교였다. 학교 사무실에 들러 주차증을 발급받고서 교실을 찾아가는데, 제일 먼저 나를 맞아 주는 분이 있었으니, 바로 지난 면접에서 만났던 남자 선생님이었다.

"Good to see you again!"

환한 그의 미소에 긴장되었던 내 마음이 다소 풀어졌다. 그는 나를 데리고 교실로 안내하며 다른 선생님들과 학생들에게 소개를 시켜 주었는데, 얼떨결에 다 인사를 하고 다녔다.

특수 학급으로 세 교실이 배정되어 있었고, 그중 내가 일하게 된 교실은 중증 이상 학생들이 있는 곳이었다. 내 담당 선생님은 내게 처음 전화를 걸어 주고, 면접관으로 나를 맞이해 주었으며, 후에 합격 소식을 전해 준 여자 선생님이었다. 나를 교실로 안내해 준 남자 선생님과 성이 같았기에 부부임을 직감할 수 있었다. 키도 크고 훤칠한 선남선녀 부부가 함께 특수 학급 교사로 일하고 있다는 것이 이색적으로 느껴졌다.

'내가 맡을 학생은 어디에 있지?'

두리번거리는 내게, 선생님이 학생들 이름이 적힌 책상을 보여 주었다. 이 학생들은 다른 친구들보다 등교 시간이 늦어서 조금 후면 도착한다고 했다.

이윽고 스쿨버스가 도착했다. 버스 기사가 휠체어를 버스에서 내려 주는데, 동양인으로 보이는 남녀 학생 두 명이 보였다. 내가 먼저 인사를 건넸다.

"Hi! Nice to meet you!"

그러나 아이들의 반응이 없었다. 말도 할 수 없고, 몸도 자유롭게 움직일 수 없는 중증 장애를 갖고 있었던 것이다. 두 아이는 남매였는데, 한국 아이들인 것을 알게 되고는 또 한 번 놀랐다. 반가우면서도 안쓰러운 마음으로 아이들을 맞이했다. 남자아이는 기관 절제술을 받아 목에 삽입관을 하고 있어서 간호사가 늘 동행해야 했다. 그날은 두 명의 간호사가 함께 있었는데, 그중 한 명은 나처럼 오늘이 첫 출근이어서 다른 간호사로부터 트레이닝 겸 인수인계를 받는 중이었다.

휠체어를 끌면서 교실로 돌아오니, 선생님이 어떻게 하는지 시범을 보여 주었다. 스케줄은 이러했다. 오자마자 여학생 휠체어를 뒤로 젖히면서 등을 곧게 펴 주고, 튜브를 통해 물을 준다. 아이들에게 책을 읽어 주거나 따사로운 햇살 아래 산책을 나간다. 이후 화장실에 가서 기저귀를 갈아 준다. 특히 여학생은 침대에 눕혀서 갈아 줘야 하기에 '호이어(Hoyer)'라는 리프트 기계를 이용해 휠체어에서 들어 올린 후 침대에 눕혔다가 다시 들어 올려서 안전하게 휠체어에 앉힌다. 이는 혼자서는 할 수 없고, 두 사람이 협조해야만 가능하다.

그리고 점심시간. 다시 튜브를 통해 분유 한 통과 나머지 물을 먹여 준다. 여유 시간엔 아이들 손을 움직여서 아트 활동을 하도록 도와주거나 버튼 누르는 놀이를 한다. 그리고 다시 기저귀를 갈아 주면 어느덧 학생들은 집에 갈 시간. 다른 친구들보다 늦게 등교해서 일찍 하교하는 스케줄이었다. 집에 갈 준비를 시키고 다시 휠체어를 밀어서 스쿨버스로 데려다주며 아이들과 작별했다.

내 일과는 아직 끝나지 않았다. 1시간가량 남는 시간에 선생님은 또 다른 학생을 맡겨 주었다. 이번엔 귀엽게 생긴 남학생이었다. 말하는 데 어려움을 겪는 자폐아였는데, 신체적으로는 문제가 없어 보였다. 하지만 어느 순간, 주의가 산만해지면서 뛰쳐나가려는 성향이 있었다.

그 시간에 학생들은 실생활 훈련을 받고 있었는데, 기프트카드를 종류별로 분류하거나 단어 카드를 순서대로 정렬하기, 봉투에 편지를 집어넣기, 빨래 개기, 청소하기 등을 해내야 했다. 내가 맡은 학생이 맡겨진 일을 잘 해내도록 격려하며 지켜보았다. 자꾸 집에 가고 싶어서 코를 만지작거리며 "Go home!"을 반복해서 말하는 아이를 달래면서 말이다. 그렇게 맡겨진 일을 잘 해내면 칭찬하면서 보상을 해 주는데, 필통을 손가락으로 톡톡 치도록 허락하는 일이었다. 그 아이가 제일 좋아하는 취미인 것 같았다.

버스가 왔다며 좋아하는 그 아이를 바래다주고 나니 근무 시간도 끝! 담당 선생님이 나를 보고 오늘 오자마자 바로 업무에 뛰어들어 주어 고맙다고 인사하는데 어쩐지 으쓱해졌다. 사실 선생님들 영어가 빨라서 말을 놓치지 않기 위해 종일 온 신경을 곤두세우고 있었다. 이렇게 첫날을 잘 마무리할 수 있음에 감사했다.

'과연 어떤 학생들을 만나게 될까?' 하는 나의 궁금증이 이제는 모두 풀렸다. 영어로 어떻게 아이들을 가르치고 지도하나 걱정도 했는데, 정말 나에게 딱 맞는 학생들을 만난 게 아닌가 싶었다. 육체적으로 다소 힘들 수는 있으나 우선은 영어를 많이 쓰지 않아도 감당할 수 있으니 다행이었다. 물론 한국 아이들이라서 가끔은 한국말도 섞어 가며 편안하게 대할 수 있다는 점도 다행이었다.

학교에 와 보니, 일하는 교사와 보조 교사들 모두 쏼라쏼라 유창하게 하는 미국 사람이고, 나 혼자만 버벅대는 한국 사람이었다. 오고 가는 빠른 영어 속에서 주눅도 들고 답답하고 좌절감도 맛보았지만, 이런 도전을 받을 수 있는 상황 자체가 정말 감사했다. 차차 일도 익숙해지고 영어도 더 익숙해지기를, 그래서 내 역할을 멋지게 해낼 수 있기를. 그래, 시간아 얼른 가라!

돈 벌면서 영어 공부하는 맛

미국 고등학교에 취직하면서 왠지 어깨가 으쓱으쓱해졌다. 마치 미국 주류 사회 속으로 진출하는 개선장군이라도 된 듯 남편에게 말했다.

"두고 봐요, 이제 내가 자기보다 영어 더 잘하게 될걸요!"

피식 웃는 남편에게 겉으로는 호탕하게 선언했지만, 막상 학교에 가면 속사포처럼 빠른 말들을 못 알아들을까 봐 잔뜩 긴장하고 있는 이 심정을 그대는 알까.

영어의 홍수 속으로

우리 선생님은 확실히 말이 빨랐다. 휘리릭 끝. 그녀의 말을 놓치지 않으려면 정신을 바짝 차려야 했다. 그래도 짧게 말할 때는 괜찮다. 문장이 길어지면 더 곤란해진다.

"Will you tilt her wheelchair?"

학생의 휠체어를 밀면서 교실로 들어오는데, 이 말이 들려왔다. 말은 확실히 들었지만, '틸트(tilt)'라는 단어 자체가 낯설었다. 다행히 선생님이 시범을 보여 주었다. 휠체어를 뒤로 젖히는 것, 그게 'tilt'였다. 아하, 나는 얼른 접수했다. 그 뒤로 그 단어는 내 입에 착 붙어서 늘 쓰는 용어가 되었다.

어느 날은 다른 교실의 학생 옆에서 도와주고 있는데, 선생님이 다음 과제로 학생에게 'shredding'을 시키라고 주문했다. 많이 들어 본 단어인데 갑자기 생각이 나지 않았다. 너무 쉬운 단어를 묻기도 민망해서 눈치코치 동원해 보니, 옆에 종이를 드르륵 분쇄하고 있는 다른 학생을 보고서야 감을 잡았다. 그렇게 익힌 단어들은 잊으려야 잊을 수가 없다.

"I will get that door."

내가 휠체어를 끌면서 문 쪽으로 향하면, 다른 사람이 문을 잡아 주면서 종종 이렇게 말하곤 했다. 문을 열어 주겠다는 표현을 할 때 'open the door'가 아니라 'get'이란 동사를 쓰는 것 자체가 내게는 새로웠다. 배운 것은 바로 써야 한다. 그 후로 나 또한 다른 사람에게 문을 열어 줄 때마다 그 표현을 썼다.

내가 정말 바라던 일터가 아닌가. 하루 5시간 일하면서 온통 들리는 말이 영어이니, 축복받은 환경이 아닐 수 없다. 선생님 말을 잘 알아듣고 적절히 대답을 하면 스스로 뿌듯해 했다.

하지만 내게 영어의 벽은 높았다. 마음처럼 말이 나오지 않아 버벅거리기라도 하면 창피하고, 잘 알아듣지 못해서 답답한 순간도 많았다. 특히 좌절감을 크게 느끼는 순간은 사람들이 수다를 떨 때다. 말들은 왜 그리 빨리하는 건지, 대략 감을 잡으면 다행이고 수다에 한마디 보태기도 쉽지 않았다. 그래서 처음에 나는 말수가 참 적었다. 그녀들은 나를 조용한 사람으로 알겠지만, 그 말들을 다 알아듣고 싶어서 안달이 나 있는 내 심정은 아마 모르리라.

일대일 맞춤 회화 파트너

내가 맡은 학생들은 말을 잘 못하는 아이들이어서 상대적으로 말을 할 기회는 많지 않았다. 말도 자꾸 해야 느는 법인데, 남들 이야기하는 것만 듣다가 집에 돌아갈 처지였다.

그런 나를 불쌍히 여기사 특별히 하사하신 선물이 있었으니, 바로 같이 일하는 간호사였다. 나는 여학생, 간호사는 남학생을 맡아서 같이 산책을 시켜 주고, 기저귀 갈 때도 서로 도와주기 때문에 늘 옆에 있었다. 그러다 보니 자연스레 대화를 많이 나누게 되었다.

처음에 같이 일했던 간호사는 백인인 젊은 아기 엄마였는데, 말이 빠르고 발음도 알아듣기 힘들어서 주의를 기울여 들어야 했다. 그녀와의 대화는 나로 하여금 빠른 영어에 조금 더 익숙해지고, 생생한 표현들을 배울 수 있도록 도와주었다. 원래 그녀는 다른 에이전시에 소속된 파견 간호사였는데, 어바인 교육구에서 일하고 싶어서 취업 인터뷰를 보게 되었다고 했다. 결과가 좋기를 바라는 마음을, 둘째와 셋째 손가락을 마주 꼬면서 “cross finger”라고 말하는 걸 들으며 나 또한 몰랐던 표현 하나를 배웠다. 함께 일하면서 육아를 비롯해 살아가는 이야기를 나누는 재미도 쏠쏠했다.

그런데 어느 날부턴가 그녀가 오지 않고 다른 간호사가 스쿨버스에서 내렸다. 페루 출신인 새로운 간호사는 나보다 나이가 많았고, 이민 온 시점은 비슷하지만 영어 실력은 더 뛰어났다. 말하는 속도도 그리 빠르지 않고 발음도 정확히 잘 들려서 그녀의 말은 알아듣기가 수월했다. 하지만 발음에 악센트가 있고 기존의 영어 발음과 다르게 할 때가 있었다. 그러니까 예를 들어 '마운틴'을 '몬타인'으로 발음하는 때가 더러 있어서 그 점만 주의하면 대화하는 데 문제는 없었다.

사실 미국의 빠른 영어에 익숙해지려면 예전의 간호사가 딱 좋았는데, 더 이상 볼 수 없어서 다소 아쉬웠다. 그래도 페루 출신인 간호사와는 마음 편히 이야기를 나눌 수 있어서 좋았다. 내가 영어를 잘 못한다는 사실을 감추려고 애쓸 필요도 없이, 같은 이민자로서 서로 다 이해해 주기에 격의 없이 이야기를 나눌 수 있었다.

실제로 그녀와 나는 살아온 이야기를 비롯해 가족과 자녀 교육, 종교 등 여러 영역에 걸쳐 많은 대화를 나눈다. 어제저녁에 뭘 했는지도 소상히 나누다 보니 서로의 일상에 대해서도 잘 알게 되었다. 그러면서 서로를 염려하며 위해 주는 마음도 더 커지고, 어느새 언어의 장벽도 크게 느껴지지 않았다.

이처럼 학교에서 일하는 시간이 쌓여 갈수록 영어에 한결 더 자신감이 생겨났다. 마트나 식당 등 밖에 나가서도 더 자연스럽게 영어를 할 수 있게 됐다. 영어를 써야 할 때 주저하는 일이 훨씬 줄어든 셈이다. 낯선 누군가를 만나 이야기를 나누는 것도 더욱 자연스러워졌다.

한편으로는 미국인들 사이에서 일하면서 내 부족함을 많이 느끼기에 영어를 더 공부해야겠다는 자극을 많이 받는다. 그래서 이대로는 안 되겠다 싶어 영화 한 편을 다운로드받아 계속 들어 보고, 유용한 표현들을 반복해서 따라 하는 등 이전보다 더 노력하게 되었다. 영어를 잘해야 학교에서 내 역할을 잘 수행할 수 있고, 학생들의 필요에 맞춰서 내가 할 수 있는 영역도 더 늘어나기에 영어의 필요성이 더 간절해졌다. 이제 영어는 중요한 직업적 능력이기 때문이다.

예전에 막연히 꿈꿔 왔던 일, 일하면서 영어 공부를 할 수 있는 그런 직장이 없을까 했던 그 소원이, 어느 날 문득 돌아보니 이루어져 있었다. 일하느라 몸은 더 고단하지만 마음엔 감사가 넘쳐 난다. 영어가 더 편해지고 더 자연스러워지길 바라면서 귀를 쫑긋, 입을 벙긋 열어 본다.

유튜브에서 영어 공짜로 배워 볼까

✷ 말킴의 영어 뽀개기

뉴욕과 캐나다에서 활동하는 영어 강사 마크 김의 강의와 영어 필수 표현이 담긴 패턴 500, 응용 500 문장들을 음성 파일로 접할 수 있다. 현지에서 유용하게 사용되는 각 문장들을 12회씩 들으며 따라 하도록 구성되어 있다. '말킴의 영어 뽀개기' 네이버 카페에 들어가면 공부법에 대한 자세한 설명과 함께 여러 다양한 영어 자료들을 찾을 수 있다. 이분이 만든 모바일 앱 'SCHOOOL'에도 활용도 높은 영어 표현들이 가득하고, 문장을 저장하여 반복해 공부하는 기능도 있으니 다운로드 받아 유용하게 사용해 보자.

* 마이클 엘리엇(Michael Elliott) 영어 강좌

SNS에서 '한국말 완벽한 원어민 영어 강사 마이클 쌤'으로 통하는 그의 유튜브 채널에는 한국말 설명과 더불어 유용한 현지 영어 표현들이 넘쳐 난다. 이미 구독자 수가 30만 명을 넘어선 상태. 웹사이트 'Englishinkorean.com'에 들어가면 분야별 영어 표현들이 잘 정리되어 있어서 관심 분야를 찾아 공부하기에 편리하다.

* 서머 박(Summer Park) 이영시 영어 듣기

20대에 영어 공부를 제대로 시작하여 뉴요커 영어 강사가 된 서머 박의 '이제부터 영어 시작하기(이영시)' 유튜브 채널에는 영어 듣기를 비롯해 문법, 발음, 패턴 영어 등 다양한 강의를 제공한다. 특히 미국 드라마를 반복해서 따라 하는 영어 듣기 시리즈는 흥미로우면서 효과적으로 영어 청취 실력을 향상시키도록 도와준다.

미국의 특수 교육 현장에서

학교 등교 시간이 되면 아이들을 태운 스쿨버스가 속속 도착한다. 일반 학급 아이들에겐 학교 스쿨버스가 제공되지 않지만, 특수 학급 아이들에겐 무료로 제공된다. 일반 아이들은 야외 학습 또는 피크닉을 갈 때나 타 보는 스쿨버스를, 우리 반 학생들은 매일 타고 다닌다. 그중에는 부모님 차로 통학하는 아이들도 더러 있다.

등교 시간은 정해져 있지만 학생들에 따라 시간이 달라지기도 한다. 내가 맡은 학생들도 늦게 와서 일찍 가는 스케줄로 통학하는데, 긴 시간 동안 학교에 있는 게 힘들기도 하고 복잡한 통학 시간을 피하려는 이유도 있다. 학교는 아이들 사정에 맞추어서 너그러이 열려 있다.

아이들에 따른 맞춤형 교육

학교에 도착한 학생들은 각자 속한 반으로 흩어진다. 배울 수 있는 역량에 따라 아이들의 시간표가 달라진다. 선생님의 인도에 따라 수학과 영어, 미술, 스피치, 사회 적응 훈련, 직업 훈련 등을 받는다. 그리고 격일로 체육 선생님과 함께 운동을 한다.

학생에 따라 일반 학생들과 함께 특정 과목을 들을 수도 있다. 졸업반 학생들은 일주일에 두세 번, 근처의 마트나 레스토랑 등에 가서 실제로 일해 보는 훈련을 받는다. 이때는 보조 교사들이 동행하여 참관한다.

아이들의 정신적, 신체적 장애 정도에 따라 일대일로 보조 교사가 붙어서 학업을 도와주는데, 중증 장애가 있는 우리 반 학생들이 일대일로 도움이 필요한 아이들이다. 그중에서도 학습이 조금이라도 가능한 아이들은 학습지를 풀면서 읽고 쓰고, 문제 푸는 연습을 한다. 스피치 선생님과 일대일 레슨을 받으면서 정확하게 발음하고 말하는 연습도 필수. 물건을 분류하고, 그릇을 씻고, 청소를 하는 일상 훈련도 함께 병행한다.

내가 맡은 학생들은 학습이 어려운 상태여서 가르칠 수 있는 영역이 적다. 인사말이 나오는 버튼을 누르게 하여 인사말을 주고받거나, 버튼을 누르면 선풍기 팬이 작동하거나, 빛이 켜지는 등의 놀이 훈련으로 교육한다. 혹은 책을 읽어 주거나, 미술 시간에 풀칠을 하고 페인트 붓으로 그림을 그리게 하는 등 제한적인 활동을 할 수 있도록 보조해 준다.

이처럼 아이들마다 학습 능력에 큰 차이가 나기에 학생들마다 다른 학습 목표를 정해 준다. 이를 위해 관련된 선생님들이 모여서 회의를 하고, 정기적으로 진행 과정을 체크해 나가면서 그 학생이 목표에 잘 도달하도록 도와준다. 보조 교사가 되어 아이들을 가르쳐 보니, 학생 개개인에 따라 진행하는 맞춤형 교육법이 내게는 참 좋아 보였다.

특수 학급에서는 한 달에 한 번씩 야외 체험 학습을 실시하는데, 아이들이 실생활에 잘 적응하도록 도와주기 위해서라고 한다. 예를 들면 근처 쇼핑몰을 방문해 구경을 하고 각자 메뉴를 정해 점심을 사 먹을 때, 정해진 예산에서 본인이 직접 주문하고 계산을 해 보게끔 한다. 동물원이나 공원을 방문할 때도 있고, 볼링이나 아이스링크, 무술 도장 등을 방문해 다양한 스포츠를 체험하기도 한다. 한 달에 한 번 함께 떠나는 이 시간은 학교를 벗어나 신선하고 색다른 하루를 체험하는 좋은 시간이 된다.

지난 크리스마스 때는 산타를 불러서 아이들과 포토 타임을 갖고, 맛있는 음식을 나누며 흥겨운 크리스마스 파티를 가졌다. 관악기를 연주하는 밴드 학생들이 방문하여 크리스마스 캐럴 멜로디를 멋지게 연주해 주고, 우리 반 아이들이 직접 악기를 만져 보고 체험하도록 옆에서 도와주었다. 아이들을 배려하여 눈높이를 맞추어 주는 모든 시간이 감사하게 여겨졌다.

한 명, 한 명이 특별한 아이들

처음 만났을 때는 낯설고 어색하게 느껴졌던 아이들이 이제는 내 마음에 성큼 다가왔다. 사교성이 좋은 어느 아이는 내게 다가와 항상 안부를 물으며 서로 주먹을 맞대는 'fist bump'를 하며 친근감을 표시한다. 내가 한국인이라는 걸 알고는 어설픈 발음으로 "안녕하세요"라고 꼭 인사하는 학생도 있다. 제일 많은 시간을 함께하는 우리 학생은, 비록 말을 하지 못하지만 눈을 마주치며 어느 순간 활짝 미소를 짓는다. 그럴 때면 내 마음도 미소로 활짝 피어난다.

조용하고 평화롭게 시작한 아침이지만, 때로 돌발 상황들이 벌어지기도 한다. 특히 자신을 컨트롤하기 어려운 아이들에게 종종 이런 일이 일어난다. 갑자기 울음을 터뜨려서 한참 진정되지 않거나, 자기 머리를 때리거나, 다른 사람을 할퀴고 때리거나, 물건을 집어던지는 등의 행동들이 나타난다. 분노 조절이 안 되어서 때로 과격한 행동이 나타나는 학생의 경우, 그 아이가 진정될 동안 반 전체가 자리를 피하기도 한다. 그래서 이 아이들을 지도하는 일에는 교사들의 많은 인내가 필요하고, 학생을 대하는 지혜와 대처 능력이 더욱 요구된다. 선생님들은 그 역할을 담담하게, 지혜롭게 잘 감당해 내고 있었다.

우리 반에는 청각과 언어 장애에 자폐 증상을 보이는 곱슬머리 귀여운 여학생이 있었다. 내가 맡은 학생들이 오기 전까지는 이 아이와 함께 시간을 보내는 일이 많았다. 학습을 도와주거나 간식을 먹여 주고, 밖에 데리고 나가서 자전거를 태우며 산책을 시켜 주었다. 하루는 기저귀를 갈아 주려고 화장실 침대에 눕혔다가 발길질을 세게 당했다. 마침 그 자리에 있었던 선생님은 이에 대해 사고 리포트를 작성하게 하고 계속 내 상태를 체크해 주었다.

이 일로 아이에 대해 섭섭한 마음은 조금도 없었다. 자기 기분을 컨트롤하기 힘들 때는 그런 일도 발생하지만, 또 어느 날은 갑작스레 나를 안아 주어서 행복감을 안겨 주기도 했다. 그 아이는 무언가 하나를 시도하기까지 오랜 시간이 걸리지만, 옆에서 기다려 주면서 그 아이의 언어를 배워 갔다.

일을 하며 이런 생각이 들었다. 이 아이들의 부모가 감당해야 할 어려움이 얼마나 많을까. 보통 아이를 키우기도 힘이 드는데, 아이의 장애를 평생 안고 가야 하는 부모의 심정은 어떠할지…. 힘든 가운데에도 자신의 아이를 사랑과 정성으로 보살피며 긍정적으로 살아가는 부모들을 보면 존경의 마음이 절로 든다. 내가 맡은 학생의 엄마는 작고 가녀린 체구임에도 휠체어 탄 두 남매를 돌보느라 자기 몸을 아끼지 않는다. 그러면서 미소를 잃지 않는 그녀의 모습을 보면 고개가 숙여진다.

일을 하면서 문득 이런 생각이 들었다. 우리 부서가 특수 학급, 즉 'Special Education'이라 불리는 건 아이들이 다 스페셜하기 때문이라고. 장애가 있어서가 아니라, 그 모습 그대로 소중하고 특별한 아이들. 그들이 자신의 한계에 실망하고 좌절하고 포기할까 봐, 그게 제일 마음이 쓰인다.

특수 학급 아이들을 조금이나마 도울 수 있는 자리에 있다는 것에 감사하다. 그리고 그 아이들이 가정이나 학교, 사회 그 어디에서나 항상 존중받고 격려받으며 행복하게 살아가길 소망한다.

함께 일하는 즐거움

학교에서 일하고부터 새로운 관계들이 맺어졌다. 학생들과의 만남뿐 아니라 담당 선생님들, 보조 교사들, 간호사 등 여러 사람들과 함께 일하게 되었다. 아이들 학교와 교회, 집을 오가며 만나는 이들이 전부였던 나에게 또 다른 세상이 펼쳐진 것이다.

미국 학교에서 처음 일해 보는 나로서는, 다른 사람들을 부를 때 어떤 호칭을 써야 할지부터 고민스러웠다. 이제까지 내 아이들의 학교 선생님들에게는 Mrs, Ms 혹은 Mr 뒤에 성(last name)을 붙여서 불렀다. 그래서 여기서도 그렇게 부르겠지 싶었는데, 대부분 서로의 이름만 부르는 게 아닌가.

우리 반 선생님도 그냥 내 이름을 불렀다. 그게 더 격의 없이 친근하게 느껴져서 나도 눈치를 보다가 그냥 이름을 부르기 시작했다. 조금 더 격식을 갖추어 호칭할 때는 결혼 여부에 상관없이 '미스(Ms)'에 이름을 붙여서 불렀다. 결혼하면 무조건 '미세스(Mrs)'에다 성을 붙여야 하는 줄 알았는데, '미스'라는 호칭 뒤에 퍼스트 네임을 붙여서 부르는 호칭이 내게는 새롭게 들렸다.

이리하여 공식적으로 내 호칭은 '미스 소나'가 되었다. 선생님들끼리는 서로 이름을 부르지만, 학생들은 나를 그렇게 부른다. 때로 "소나!" 하며 내 이름만 부르는 아이들도 있다. 그러면 한국식으로 "내가 너 친구니?"라는 말이 절로 나오지만, 뭐 여기는 미국이니까. 이제는 그것도 익숙해졌다.

보조 교사로 일할 경우, 하루 5시간 파트타임으로는 벌이가 충분치 않기 때문에 두 가지 이상의 일을 하는 사람들이 많다. 남자들은 같은 고등학교에서 오후에 운동 코치로 일하거나, 택배 회사 등 또 다른 파트타임 일터로 향한다. 여자들은 젊은 싱글들도 있지만, 나처럼 자녀를 둔 엄마들이 많다. 역시 엄마들에겐 안성맞춤의 직장이다. 그래서 비슷한 연령대의 자녀를 둔 엄마들을 만나면 반갑고, 서로 할 말도 더 많아진다.

마음 통하는 동료들과 함께

같이 일하는 학교 교직원 중 눈에 먼저 들어온 사람은 역시나 나처럼 동양 사람이었다. 일본, 홍콩, 베트남 출신인 보조 교사들이 있었는데, 어릴 때 이민을 왔거나 영어권에서 자랐기에 영어는 문제없는 사람들이다. 그중에서 일본 출신인 미스 A는 바로 내 옆에 있는 학생을 교대로 봐 주고 있기에 마주할 기회가 더 많았다.

성격 좋고 상냥한 그녀와는 편하게 이야기를 나눌 수 있었다. 아는 것도 많아서 학교에 대해 궁금한 것은 그녀에게 물어보면 답을 다 얻을 수 있었다. 고등학생 아들이 하나 있는 그녀는 아들에 대한 모든 일을 감추는 것 없이 이야기했다. 낙제를 안 하면 다행이고, 대학에 바로 갈 실력이 못 되어 커뮤니티 칼리지를 먼저 갈 거라는 이야기도 쉽게 나누었다. 나를 보면 늘 미소 지으며 언제든지 도와줄 준비가 되어 있는 그녀가 곁에 있어서 든든했다.

바로 건너편 책상에 앉은 미스 Y는 전직 고등학교 영어 교사였다. 현재 행동교정 보조 교사(Behavior Intervention)로 일하고 있는데, 타 주에서 받았던 교사 자격증을 여기서 인정받는 대로 정식 교사로 일할 것이다. 명문 대학에서 영어 및 교육학 석사 학위를 받고 잡지 에디터로도 일했던 그녀는 매사에 최선을 다하는 모습으로 귀감이 되었다.

그녀는 학생을 가르치는 능력도 탁월하지만, 마음을 다해 아이들을 대하는 태도가 좋아 보였다. 내 말도 잘 들어 주고 호응해 주어서 그녀와의 대화는 언제나 즐거웠다. 이란 출신인 그녀는 난민 신분으로, 전쟁을 피해 어린 나이에 가족과 함께 미국으로 귀화했다고 한다. 미국 생활에 잘 정착한 케이스였다.

나와 함께 학생들을 맡아서 돌보는 페루 출신 간호사 T는 내 단짝 친구다. 나보다 여섯 살이 많지만 서로 이름을 부르다 보니 친구처럼 느껴졌다. 경험 많고 연륜 많은 그녀와 함께 있으면 학생들을 돌보는 일도 어렵지 않고, 나의 하루도 금방 흘러갔다.

틈틈이 듣게 된 그녀의 인생 스토리는 드라마와 같았다. 힘든 결혼 생활을 이어 가다가 이혼을 결심하고, 어린 두 아이를 데리고 미국으로 이민을 왔다고 한다. 홀로 생활비를 벌기 위해 궂은일을 감당하면서 간호사 공부를 해 자격증을 취득하고, 두 아이를 키운 그녀는 여러모로 참 존경스러운 엄마였다. 우리는 늘 붙어 다니면서 일상을 나누었고, 가끔씩 맛있는 음식도 함께 나누며 정을 나누는 소중한 친구 사이가 되었다.

아침이면 간호사 T와 우리 학생 두 명을 태우고 오는 이가 있으니, 스쿨버스 드라이버인 미스터 R이다. 오가며 인사를 나누고 몇 마디씩 주고받다 보니 친해지게 되었다. 파키스탄 출신인 그는 자녀 교육을 위해 이민을 와서 세 자녀 모두 교육을 잘 시키고, 이제는 중학생 손녀까지 둔 할아버지다. 새벽부터 버스를 운전하는 그는 학교가 쉬는 주말이면 코스트코로 가서 일하는데, 부부가 그렇게 일주일 내내 주말도 없이 일한다고 한다. 자신의 치아는 성치 않은데도 치료를 안 받으면서, 이제 막내아들만 대학원을 마치면 된다며 활짝 웃는다. 그런 그에게서 희생적인 부모의 모습을 본다.

이민 온 시기도 서로 비슷한 간호사와 나, 버스 드라이버는 쿵짝이 잘 맞았다. 그들과 함께 있으면 절로 마음이 푸근해졌다. 이처럼 학교에서

일하며 새로 만나게 된 인연들이 참 소중하게 느껴졌다. 학교에서 매일 마주하니 정도 새록새록 쌓였다. 나와 친한 이들이 다 이민자 출신들인 걸 보면, 역시 내 마음은 그들과 있을 때 제일 편한가 보다.

그들뿐 아니라 이곳에는 친절하고 배려심 깊은 미국 사람들도 많이 만날 수 있었다. 아무래도 아이들의 특수한 사정들을 이해하고 도와주는 직업 특성상 좋은 사람들이 더 많은지도 모르겠다.

그렇게 나는 매일 학교로 향했다. 다양한 사람들이 공존하는, 또 다른 세상 속으로.

새로운 학기, 새로운 시작

학교에 취직이 되어 HR 사무실을 방문했을 때, 담당 직원이 내게 말했다.

"앞으로 2개월, 5개월 근무 평가를 받고, 6개월의 수습 기간을 잘 마치면 정식 직원(Permanent Worker)이 될 거예요."

나에게는 언제쯤 그날이 올까 싶었는데, 일하다 보니 시간이 성큼 지나갔다. 감사하게도 두 번 다 좋은 평가를 받아 정식 직원이 되었고, 연말 평가에서 열심히 일해 주어 학급에 많은 도움이 되었다는 칭찬을 받기도 했다.

그동안 열심히 일했던 우리 학교의 한 해 캘린더도 어느덧 끝이 났다. 내가 맡았던 학생은 졸업반이어서 아쉽게 작별을 나누었다. 다음 해에 근무하게 될 학교는 새 학기가 시작되기 전에 통보해 준다고 했다. 학생 수에 따른 학교의 필요에 따라 인원을 배치하기 때문이다. 예전과 비슷한 일을 하면 편안하겠지만, 한편으로 새로운 일을 해 보고 싶다는 마음도 들었다. 영어를 더 많이 쓸 수 있고, 학생들을 도우면서 나 또한 배우며 성장할 수 있는 곳이면 좋겠다는 소원과 함께 말이다.

전혀 다른 역할, 내게 맞을까?

새 학기가 되어 새로 배정된 곳은, 어바인의 또 다른 고등학교 특수 학급에서 운영하는 '다이렉트티드 스터디즈 룸(Directed Studies Room)'이란 곳이었다. 처음엔 '이곳이 내게 맞을까?' 싶어서 어리둥절했다. 언어나 행동, 정서, 학습장애, 신체장애 등 각자 다른 필요로 특수 교육 서비스를 받고 있는 학생들이 모여서 자율적으로 공부하는 교실이었는데, 보조 교사들이 돌아다니면서 학생들이 들어가는 수업의 숙제와 공부를 도와줘야 했기 때문이다.

첫날, 낯선 환경에 당혹스러워 하던 나에게 담당 선생님이 물었다. 잘할 수 있는 과목이 뭐냐고. 뭐라도 대답해야 했기에 '수학'이라고 답했다. 원어민들 사이에서 영어는 아무래도 부담스럽고, 그래도 수학이 낫겠지 싶어서.

보다 도전적인 일을 하고 싶긴 했지만, 이렇게 업그레이드될 줄은 전혀 예상하지 못했다. 영어로 고등학교 수학을 가르쳐야 한다니, 부담감에 주눅부터 들었다. 다른 곳으로 옮기고 싶은 마음이 굴뚝처럼 치밀어 올랐다. 하지만 우선은 부딪혀 보고서 결정하자고 마음을 고쳐먹었다.

마침 우리 큰아이가 9학년이어서 고등학교 수학 교재가 집에 있었고, 배우는 내용도 비슷했다. 나는 그날부터 고등학교 수학 공부를 시작했다. 수학 용어를 영어로 익혀야 했고, 수학 관련 동영상을 보면서 영어로 어떻게 설명할지 배워 나갔다.

수학만 잘 안다고 되는 건 아니었다. 아이들과 친해지는 것도 중요했다. 덩치 커다란 미국 고등학생들 사이로 다니면서 "수학 도움이 필요하니?"라고 물어보면 필요 없다고 대답하는 아이들이 대부분이었다. 잘 모르는 사람한테는 도움을 받지 않으려 하고, 쉽게 마음을 열지 않았다.

나로서는 영어가 유창하지 못하기 때문에 다가가는 데 한계가 절로 느껴졌다. 더욱이 나 말고도 수학을 도와줄 보조 교사는 많았기 때문에, 내가 낄 자리가 별로 없어 보였다. 할 일이 없을 때는 학생들 곁에 앉아 책을 펼치고 공부를 했다. 그럴 때면 속으로 자괴감도 들었다. 내가 있어야 할 곳이 맞는지 고민하면서 말이다.

하나하나 퍼즐처럼 맞추어지길

그런 내게 한 줄기 빛이 비쳤다. 어느 여학생과 인사를 나누었는데, 그 아이도 지난해 내가 일했던 고등학교에 다니다가 이번에 새로 전학을 온 터였다. 반가워하던 그 애는 내게 수학을 도와달라고 부탁했고, 나는 기쁜 마음으로 도와주었다. 그러자 옆에 있던 다른 여학생도 내게 도움을 청하는 거다. 신나는 순간이었다!

시간이 지날수록 조금씩 요령을 터득하게 되었다. 학생들이 도움을 거절해도 일단 자리에 앉아서 지켜보다가 적절한 순간에 팁을 제공해 주었다. 그렇게 한두 번 도움을 주다 보면 어느 순간 마음을 열고서 내게 먼저 물어보았다. 하지만 끝까지 도움을 탐탁지 않게 여기고 거절하는 아이도 있었다. 마음 아프지만, 그럴 때는 그 학생의 의사를 존중해 주면 된다.

보조 교사들 중엔 수학, 과학, 영어, 역사 등의 수업에 들어가서 학생들을 도와주는 경우도 있다. 그렇게 되면 내용을 잘 알게 되기 때문에 아이들을 더욱 효과적으로 도와줄 수 있다. 그래서 나도 수업에 들어갔으면 좋겠다고 소원했지만, 이미 시간표가 다 짜여 있는 데다 이제 막 들어온 신참이라 부탁할 처지도 못 되었다.

그런데 어느 날 뜻밖의 기회가 찾아왔다. 화학 수업에 들어가 아이들을 도와주던 특수 교육 선생님이 출산 때문에 자리를 비우게 되었는데, 나더러 대신 들어가 달라는 제의를 받은 것이다. 화학이라 염려도 됐지만, 우선은 가겠다고 했다.

수업에 들어가니, 아이들이 한창 원소 기호와 화학 반응에 대해 배우고 있었다. 이걸 다 영어로 습득해서 가르칠 실력까지 되어야 하니 처음엔 그저 막막했다. 그래도 다행인 것은, 화학 선생님이 정말 잘 가르치는 실력자였다. 아이들 눈높이에 맞춰 재미있게 설명하면서 한꺼번에 집중시키는 능력이 있었다. 덕분에 나도 잘 이해하면서 흥미롭게 배울 수 있었다. 다만, 선생님이 답안지를 따로 주거나 숙제를 다 가르쳐 주지는 않기 때문에 내가 따로 집에서 관련 공부를 하고 숙제를 미리 다 풀어 가야 했다. 한창 화학과 씨름하고, 학생들에게 화학 공식을 열심히 가르치며 바쁜 시간을 보냈다. 수학도 꾸준히 가르치면서 말이다.

봄 학기가 되면서는 시간표가 바뀌어서 화학 수업에 들어가지 않게 되어 시원섭섭했지만, 모든 과정을 거치면서 더 단단해진 느낌이 들었다.

어려운 화학도 해냈으니 어떤 과목에 들어가도 잘 해낼 수 있을 거라는 자신감도 불끈 솟아올랐다.

이제는 나를 기다려 주는 학생들도 생겨났다. 전학 온 여학생을 비롯해서 말이다. 그 애는 점심시간마다 찾아와서 내 옆에 앉아 점심을 먹으며 담소를 나누고, 따로 수학을 배웠다. 처음엔 F 성적으로 출발했던 아이가 어느 날은 A 성적을 보여 주는데, 나 또한 가슴이 벅찼다. 늘 선생님 덕분이라며 고맙다고 인사하는 그 아이가 있어서 나야말로 얼마나 힘이 되는지.

한 가지 더 좋은 건, 우리 큰아이 고등학교 수학도 잘 가르쳐 주게 되었다는 점이다. 아이가 뭘 배우는지도 꿰뚫고 있고, 질문에도 척척 답해 주는 걸 보며 우리 아이가 엄마를 든든하게 여기게 되었다. 나 또한 얼마나 뿌듯한지. 매일 수학이라는 한 우물을 판 결과를, 이렇게 우리 집에서도 시원스레 길어 올린다.

처음엔 새로운 역할을 어떻게 감당할지 두려움이 앞섰는데, 점점 나 자신이 퍼즐처럼 이곳에 맞춰지는 것 같아서 감사할 따름이다. 어렵게만 느껴졌던 미국 고등학생들도 이젠 한결 친근하게 여겨지고 말이다. 버젓하게 학생들 틈에 앉아서 함께 수업을 듣고, 학교 행사에 참여하고, 학생들에게 도움을 주는 자리에 내가 있다는 현실이 문득 낯설게 느껴진다. 지난해까지만 해도 먼발치에서 다른 교실을 바라보며 나도 고등학교 수업을 직접 들어봤으면, 저 학생들과 더 소통할 수 있었으면 좋겠다고 소원했는데. 그러고 보면 처음에 겁먹고 도망가지 않길 잘했다. 끝까지 버티길 참 잘했지, 잘했어!

엄마의 도전은 계속된다

"엄마 영어 발음 어때? 이만하면 괜찮지 않아?"

내 발음을 들어 보더니 솔직한 우리 작은아이, 고개를 절레절레. 본토 발음 구사하는 우리 아이에게 합격점을 받기란 여간 어려운 일이 아니다. 그럼에도 미국 학교에서 당당히 일하고 있는 엄마를, 우리 아이들은 어떻게 생각할까?

아이들은 엄마의 미국 학교 도전기를 처음부터 지켜봤다. 학교에 취직하겠다고 선언하고, 떨리는 마음으로 시험을 치르고, 첫 인터뷰 전화를 받고 흥분했을 때도, 첫 합격 전화를 받고 기뻐서 환호성을 질렀을 때도 아이들과 함께 있었다. 영어를 유창하게 하지 못해도, 나이가 많아도, 꿈을 포기하지 않고 노력하는 엄마의 모습을 아무쪼록 잘 봐 주었기를.

Dreams come true

영어의 장벽도 높고, 면허증도 없던 이민 초창기 시절. 내 차를 타고 미국 직장에 다니면 얼마나 멋질까 막연히 꿈을 꾸었다. 그런데 그 꿈이 현실이 되었으니, 내 아메리칸 드림이 소박하게나마 이루어졌다고 할 수 있겠다. 사실 내겐 오리지널 드림도 있다. 아이들에게도 이미 나누었던 꿈.

"엄마는 말이야, 원래 꿈이 작가였어."

언제부터 이 소원이 마음속에 들어왔는지는 기억이 나지 않는다. 내성적인 소녀가 남들에게 말하지 못하고 꾹꾹 담아 둔 속마음을 글로 표현하고 싶은 마음이 컸는지도 모르겠다. 자연스레 내 진로는 국문과를 향했고, 출판사와 잡지사를 다니면서 글과 관련된 경험을 쌓았다. 내 글을 써 보겠다고 드라마 학교를 다니면서 끄적이기도 했다. 그러다 아이를 출산하고, 미국으로 이민을 오게 되면서 글을 쓰겠다는 소원과 노력도 잠시 멈추었다.

그렇다고 영영 이별은 아니었다. 늘 마음속에 품고는 있었으니까. 미국에 와서 취직을 하겠다고 가발 만드는 한인 회사에 들어갔을 때는 사보를 만들 기회가 주어졌고, 다니던 교회에서는 잡지가 창간되며 편집자로 오랫동안 봉사를 했다. 내가 계획한 것은 아무것도 없지만, 글과의 인연을 놓지 않을 수 있었음이 신기하고 감사했다.

언젠가 내 글을 쓰리라 마음은 먹고 있었지만, 어떻게 시작해야 할지

는 막연했다. 사실 시간적인 여유도 별로 없었다. 아이들을 돌보고 살림하는 것만도 시간이 훌쩍 지나가는데, 뉴욕에서 10년을 살다 보니 아는 사람도 많아져서 한 번씩 만날 약속을 잡아도 스케줄이 금방 찼다. 토요일이면 교회에서 한글학교 교사로 일하고, 주일이면 주일학교 교사로 봉사하고, 평소에는 교회 잡지를 편집하느라 집에서 작업하는 일이 많았기에 일주일이 쏜살같이 지나갔다. 그러다 보니 진득하게 앉아서 무언가를 써 볼 마음의 여유가 없었다.

내 오리지널 꿈을 향해

캘리포니아로 이사를 오게 되자 새로운 터전에서 다시 시작해야 했다. 아는 사람이 없으니 만나자는 사람도 없었다. 아이들이 새 학교에 다니면서 적응기를 거치고 나자 시간적인 여유가 생겼다. 제일 먼저 떠오른 생각은, 이제 내 글을 써 봐야겠다는 것. 무슨 글을 쓸까 고민하다가 우선은 내가 경험했던 이민 경험담부터 풀어 보기로 했다. '브런치'라는 온라인 작가 공간에 신청을 했는데, 감사하게도 나를 받아 주었다. 아직 쓴 글도 없는데, 나를 작가님이라 불러 주니 기분이 좋았다.

한 편 두 편 조금씩 올리기 시작했는데, 독자가 한 명 두 명 늘어났다. 적은 숫자이긴 하지만 내 글을 읽어 주는 누군가로 인해 정말 감사하고 힘을 얻었다. 글 쓰는 기쁨, 소통하는 즐거움을 조금씩 맛보면서 용기 내어 글을 이어 갔다.

그러던 어느 날, 수필 공모전 기사를 우연히 읽고는 솔깃해졌다. 재미

수필문학가협회에서 매년 주최하는 공모전이었는데, 이민 생활에 관련된 수필 세 편을 써서 제출해야 했다. 브런치에 글을 연재한 경험과 소재가 밑바탕이 되어서 쉽게 써 내려갈 수 있었다. 그중 미국 선거관리원 자원봉사 경험담이 가작으로 당선되었다. 앞으로 꾸준히 써 보라고 등을 두드려 주는 격려로 알고 감사히 상을 받았다.

그렇게 한 편씩 쓰기 시작한 작은 걸음들이 모여서 한 권의 책으로 이어지다니, 내 인생에 더욱 놀라운 일이 벌어진 것이다. 이 땅에서 좌충우돌 소수 민족 이민자로 살아가는 내 글이, 누군가에게 공감이 되고 위로로 다가간다면 얼마나 좋을까. 주어지는 삶의 소재들을 껴안고서 한 걸음씩 내게 열린 문을 향해 걸어가고 싶다.

아무쪼록 우리 아이들에게도 나의 도전이 좋은 자극으로 다가가길 소망한다. 부족한 만큼 열심히 공부하며 미국 고등학교에서 학생들 공부를 도와주고, 일요일에는 교회 한글학교에서 한글을 가르치며, 틈틈이 글을 쓰면서 꿈을 향해 달려가는 모습을 보며.

책을 좋아하던 큰애가 어려서부터 가졌던 꿈이 작가라는 것도 내게는 범상치 않게 느껴진다. 엄마가 차마 쓰지 못하는 영어 책을 쓰겠다는 우리 아이는 미국을 무대로 마음껏 꿈을 펼쳐 보게 되기를 응원한다. 그렇게 되면 이 엄마가 얼마나 신이 날까. 이민을 와서 새롭게 펼쳐지는 내 인생의 책에, 코리안 아메리칸으로 이 땅을 살아가는 우리 아이들 인생의 책에 멋진 도전의 스토리가 계속해서 쓰이기를 꿈꾼다.

에필로그

그래서 미국에서 살기로 했습니다

집필을 마치고 3년여의 시간이 흘렀다. 코로나 바이러스라는 질병이 전 세계를 강타하면서 당연하게 여기던 일상이 휘청 흔들렸다. 예상하지 못했던 어려운 시간들이 저마다의 모습으로 찾아왔고, 오랜 기다림 끝에 우리의 일상은 조금씩 회복되어 갔다. 그사이에 많은 이야기가 켜켜이 쌓이고, 단단한 땅을 뚫고 새로운 희망의 싹들이 틔웠다. 마침내 빛을 보게 된 이 책을 비롯해서 말이다.

큰아이는 어느덧 12학년, 고등학생이 되었다. 그동안 성실하게 해 온 공부와 봉사활동, 여러 경험과 자신의 꿈을 토대로 대학에 지원했고, 바라던 대학에 합격하는 기쁨을 누리며 이제 더 큰 인생의 무대를 기대하고 있다. 작은 아이는 초등학교를 졸업하고 중학생에 들어서면서 하고 싶은 것도 많아지고, 독립심도 커지며, 혼자만의 시간이 더욱 필요해진 꿈 많은 사춘기를 보내고 있다.

한편 나는 새로운 꿈을 꾸고 있다. 미국 학교에서 정식 교사가 되는 꿈을. 국문과를 전공한 내가, 수학 교사를 꿈꾸며 대학원 공부를 시작했다. 학교에서 아이들의 수학 공부를 계속 도와주다 보니 보람을 느꼈고, 자신감을 가지고 새로운 도전을 한 것이다. 예전엔 생각지도 못했던 '내가 감히 어떻게…' 하던 꿈들이, 용기 있게 발을 디디고 나니 계속 자라나고 커져 간다.

문득 이런 궁금증이 들었다.

'이민을 떠나기로 결정했던 그날의 선택은 과연 잘한 것일까?'

지난 16년간의 삶을 돌아보면 아쉬움과 감사함이 교차한다. '영어' 때문에 늘 겸손해지면서도 평생 배울 것을 다짐하게 되고, 한국에 있는 가족과 친구들이 늘 그립지만 그렇기에 이곳에서의 새로운 만남이 더욱 감사하게 느껴진다. 아이들의 통학을 일일이 챙겨 주는 것이 불편하지만 그만큼 아이들이 안전해지니 부모로서 안심이 된다. 자유로운 교육 환경 속에 있는 아이들을 보면서 불안할 때도 있다. 그러나 반대로 생각해 보면 학창 시절을 즐겁게 보낼 수 있는 것은 아이들에게 커다란 선물이 아닐까. 큰아이가 입시를 치르는 걸 보면서 비단 공부뿐 아니라 학생들이 갖춰 나가야 할 것들이 많다고 느끼지만, 그만큼 더 성장하고 꿈을 향해 준비하게 되니 참 좋다. 특정 대학만 집착하지 않고, 여러 다양한 기회들이 공존하는 것도 마음을 여유롭게 해 준다.

무엇보다 나의 변화가 뜻깊고 감사하다. 한국에서의 경력이 단절되고, 품었던 꿈이 잊히고 좌절되는 줄 알았는데, 한 걸음씩 용기를 내다 보니 미국 학교에서 일하게 되고 새로운 꿈이 자라났다. 학교에서 일하며 학생들과 소통하는 것이 즐겁고, 도와주면서 느끼는 보람이 크다. 미국에서는 한글로 글 쓰는 일이 더는 없을 줄 알았는데, 오히려 이곳에서의 이야기를 차곡차곡 모아서 책까지 내게 되었다. 완벽하게 잘하지 못했지만 막상 뛰어들자 기회의 문이 열렸다. 새로운 생활을 개척하는 용기도 배가되면서 말이다.

지난날을 돌아보면, 가지 않았던 길을 가면서 맛본 기쁨과 보람이 크다. 그렇기에 미국에서 살기로 한 것은 탁월한 선택이었다고 생각한다. 우리가 어느 곳에 있든 선택은 우리를 계속 따라다닌다. 머물 것인가, 가볼 것인가? 안정을 추구할 것인가, 변화를 감내할 것인가? 이것은 오롯이 우리의 몫이다. 이 글을 읽는 모든 사람이 오늘도 용기 있게 선택하며 행동하는 하루가 되길!

더 넓은 세상으로 나아가기 위해
미국에서 살기로 했습니다

초판 1쇄 펴낸날 2023년 7월 10일
초판 2쇄 펴낸날 2024년 6월 30일

지은이 박소나
펴낸이 서상미
펴낸곳 책이라는신화

기획이사 배경진 권해진
기획・온라인마케팅 모티브(책키라웃) 박강현
책임편집 유혜림
표지 디자인 urbook **본문 디자인** 노승우
일러스트 조현진
홍보 문수정 오수란 **관리** 이연희

출판등록 2021년 12월 22일(제2021-000188호)
주소 경기도 파주시 문발로 119, 306호(문발동)
전화 031-955-2024 **팩스** 031-955-2025
블로그 blog.naver.com/chaegira_22
포스트 post.naver.com/chaegira_22
인스타그램 @chaegira_22
유튜브 책이라는신화 채널
전자우편 chaegira_22@naver.com

ISBN 979-11-982687-2-3 03810